U0084178

GAEA

Gaea

案簿錄・浮生 卷五
交換
こうかん。
護玄—著

案簿錄·浮生 卷五 交換

目錄

人物介紹

浮生工作室
虞因
擁有陰陽眼的社會新鮮人，有些愛玩，但對需要幫助的人很友善。厭惡沒道理的事情。

浮生工作室
言東風
圖形、記憶、分析能力極強。說話毒，但很珍惜身邊的人。喜歡安靜、雕塑，厭惡太吵的人。

浮生工作室
少荻聿
語文、閱讀、記憶能力強。沉默寡言，不太與人往來。喜愛甜點、烹飪。厭惡豌豆。

方曉海
阿方的妹妹，性格暴烈衝動，但對好人非常和善。喜歡飲料、冰涼食物，厭惡各種賤人。
阿方
阿因朋友，很會照顧人，平日溫和，但觸犯到禁忌會立刻變凶狠。喜愛運動，厭惡白目的人。
一太
看似隨和，經常掛著笑，卻讓人猜不透在想什麼，行事俐落果斷，有時隨心所欲。
李臨玥
阿因青梅竹馬，美麗也有腦袋、主見。喜歡換男友、購物，厭惡不乾不脆的人。

人物介紹

虞佟

阿因大爸。隸屬刑事組行政單位。
溫和穩重且有禮的娃娃臉熟齡男子。
喜歡家人，厭惡傷害家庭的人。

虞夏

阿因二爸。刑事小隊長。
個性暴躁，拳腳功夫了得。喜歡打擊犯罪，厭惡靠關係的混蛋。

玖深

隸屬鑑識科。
有點慌慌張張，在自身專業上認真仔細。
喜歡熱鬧玩耍，恐懼不科學的東西。

黎子泓
檢察官；東風學長。
認真溫和，看似嚴肅實則懂變通。
喜歡各種遊戲，單機為主。
嚴司
法醫。表面玩鬧人生，對身邊的人卻很好。喜歡講幹話、美食、八卦。
小伍
刑警。熱血小警察。
喜歡懲奸除惡和女友，
厭惡愛靠杯的犯人。

嘻嘻嘻……

嘻嘻……

「你有聽到什麼聲音嗎?」

倏地回過頭，看見後面是一片漆黑的蜿蜒道路，深夜的風自地上捲開一陣輕盈黃沙，傳來詭異的窸窣聲響。

原本就因環境幽暗不明而感到害怕的女孩用力抓緊男友的手臂。

「沒有啊，哪有聲音?妳會怕嗎?」被女友越抓越緊的大男孩露出一笑，摸摸女友的頭，將兩人共用的手電筒按到最亮。

「……有一點。」無法違心說出「完全不怕」的豪語，女孩緊抓手裡的布料。「好像真的有奇怪的聲音……」

「妳再忍耐一下，快到了，啊，就在上面。」男生舉高手電筒，照到上方平台與狹窄的階梯，先抵達的友人們抓著欄杆正在向落後的幾人揮手。「據說是城市祕境，星空夜景超級美，目前沒多少人知道，我們趁現在還沒什麼人快點來玩過，以後人多就不用來擠了。」

「喂～你們快～一點～上面超讚的～」高處的人開始大喊。

「快走吧！」

「嗯！」

1

「給我站住！」

聿端著整盤剛出爐的栗子乳酪吐司下樓時，正好與匆匆上樓的東風擦身而過，另端是站在一樓台階、滿臉沒好氣的虞因。

疑惑的視線在遠去的背影及下方的大臉來回交替兩次，聿繼續往樓下走。

就算不問，對方十之八九也會自己說。

果然，一臉忿忿的虞因聽見二樓工作間傳出上鎖聲，立刻扭頭跟在另一隻身後，並且碎碎唸展開抱怨：「你知道東風多扯嗎！他前陣子回去做定期檢查時，我看報告上的體重本來還很安慰他肉越長越多，雖然看不太出來，結果被嚴大哥逮到他做假！到底誰會想到在身上藏砝碼混體重！」

可能是因爲幾乎每天都有人在旁邊不斷詢問有沒有多吃一點、有沒有變重所帶來的壓力吧。

聿一邊想著，一邊把須要冷卻的吐司依序排好。

畢竟以前也經歷過類似情況，所以他可以理解。

虞因沒留意到對面關懷孤獨老人的眼神，邊看著對方切開帶著滿滿乳酪的吐司，邊在親友群組裡貼上本日出爐照片，收獲一批留貨喊叫，邊繼續：「可惡，下次去檢查絕對要先搜身，一個不留意就給他混了幾公斤，絕對是最近又開始便宜行事拿能量棒混三餐，沒盯著就這樣……」

有人來訪的聲響打斷了每日一唸。

前段時間聿和東風在外面鐵門加裝了幾個小配件，現在營業時間外頭大門只要有人踏入，裡頭就會先收到音效通知。

屋內兩人同時抬頭，正好訪客也推開玻璃門，被滿室的麵包香氣迎入，一如往常地露出溫和的微笑。「兩位學長好，好香喔。」

「小淵你今天不用上課、沒有其他雜務，宿舍也沒事嗎？」虞因隨口問道。這學弟最近出現得過於頻繁，以至於都快習慣他三天兩頭往這裡跑的行爲了，也不知道小孩哪來這麼多時間，半夜跑出去遊蕩同時可以兼顧課業又兼顧一太丟給他的包，然後還被推去做宿舍長再加上學生會等等……能者過勞，告辭。

「有些事情就不要問出來了。」林致淵頓了頓，決定不去想宿舍今早那些活像跳蚤附身的學長們拆爆水管讓他無法補眠的慘案。越想越覺得自己可能上輩子做了很缺德的事情，這輩子才會年紀輕輕當宿舍長，上月甚至還有人把罐頭放進大廳微波爐，隨時隨地都在發生危險的路上。「周大師託我拿東西給虞學長。」說著，他將手邊的紙袋放到吧台上，從裡頭抽出個隨身碟，體積比較大的紙盒是來時買的夾心雞蛋糕。

虞因接過隨身碟，順手插到一邊的電腦。「你最近好像都在周大師那邊？」對，剛剛忘記補上，這傢伙做了一大堆事情後，假日居然還有時間往大師的民宿跑，據說現在偶爾會幫大師跑個腿，賺點跑路費，但跑腿內容不明就是。

「嗯啊，因爲小明哥的事還在麻煩周大師，跑腿什麼還好。」林致淵取出雞蛋糕盒子，想想又說了句：「一太學長也說了，如果不排斥就當打工。」先前遇到阿方兩人時，聊近況後就得到這麼一句。

「呃……這樣啊……」既然是那個謎之人說的，虞因認爲還是不要深思用意，那邊的電波是跳躍式的沒有邏輯可以研究。「說起來，你那朋友的車禍後來？」

「還是老樣子。」

徐輝明，就是兩人口中的小明哥，是林致淵在車隊認識的友人，前段時間因車速過快自撞身亡。

前前後後為徐輝明進行了三次招魂，第一次的法師並沒有順利將魂帶回，後來林致淵等人經過一些關係請到了周震，但周震也失敗過一次，徐輝明似乎對那處地方有什麼奇異的執念，聽不見招魂聲也聽不見家人的呼喚，下意識遊蕩在該處，最後周震不得不請動山上清修的師父們，半強迫式地將徐輝明帶離。

「周大師他們認為後面有高人，但手段很高明，現場處理得太乾淨，短時間內查不到什麼，小明哥一直渾渾噩噩也不是辦法，所以師父們打算替祂唸一陣子經安魂後，再將祂送去該去的地方。」為了這件事，林致淵沒少山上山下跑，有時候還與車友們輪流載徐媽媽來回寺裡。

一旦與「高手」扯上關係，原本看似簡單的自撞案也似乎沒有檯面上那麼簡單了。

雖然看得到，不過扯上專業，就不是虞因能幫忙的範圍，只能默默祈禱周大師他們能早日找到線索吧。

聿走到電腦邊，放下手邊的保溫杯、點開隨身碟裡其中一個檔案。

周震轉交來的隨身碟裡存有兩段影音檔。

「這個本來要直接找上學長，好像也是從網路還誰那邊得知學長的事，正好對方的朋友與周大師認識，周大師將人攔下來，這份影片就是對方拿過來的，私下也給你們看看。」林致淵解釋。正確來說，周震是一邊咆哮，一邊把隨身碟丟給他，各種大怒，如果不是因為虞因幾人最近的臉看起來會夭壽，他才不會招惹這種麻煩事吧啦吧啦之類，錢少事多離家遠，委託者還靠北到煩人。「周大師雖然攔下來，但對方很可能不會死心，所以學長你們要有點心理準備。」

有些人遇事後會出現溺水者反應，只要能打聽到的浮木，他們都會拚了命想接觸，即使招惹他人反感也不放棄。

很遺憾，隨身碟的委託人就是如此。

但周震並不會因此就把事情瞞下來，他的個性火爆鐵直，既然事情本來就是衝著虞因等人，當事者當然也該知曉。

「在網路散布謠言的都應該拖出來火刑。」虞因不曉得第幾次吃這個網路傳說的虧了，咬牙切齒地祝福這些隨便亂造謠的人年終沒有獎金、開春沒有紅包、發票永遠不會中獎。

影片的開頭是一片黑暗。

約莫過了十多秒，鏡頭轉動幾圈，周邊開始出現光源，同時也看出來手機原本是倒扣在昏暗空間的平面物體上，不知道爲何開啓錄影模式，手機主人沒有發現，很隨意地把手機往後收，拿起來時正好錄到旁邊擺著的一面詭異骯髒的多角鏡，隱約倒映出手機銀殼的模樣。

「矮額這是什麼……？八卦鏡嗎？旁邊還有斷掉的蠟燭。」

「應該是之前來這裡玩招魂的人留下的東西。」

隨後手機被插到後褲袋，露出的鏡頭正好朝向稍落後幾步的三人，雖然沒有拍到上半身，但分得出來是兩男一女，手機主人開始走路後踏上往上的階梯，不經意拍到幾次後方幾人的面目，看上去模樣都很年輕，約莫是高中生的年齡。

三人中有兩人明顯是情侶，黑髮及肩的小女生挽著男孩的手貼得極近，另一名平頭少年站得離兩人遠一點，正舉起手機拍攝周遭環境，並不斷說話。

「這裡是傳說中的趙家舊院，我們這次要玩的遊戲就在這裡……啊？公墓前幾天才有別團去過啊，公墓廢墓地都去過好幾次了，我們要常換口味嘛，順便向大家介紹一下我們今天參加的冒險者，而且這次有特別的驚喜喔～」

「佑承快走了。」

小情侶中的男生喊了一句還在直播的同伴。

幾人走出好一段距離後，才隱隱從鏡頭視角看見他們是從一處涼亭離開，手機原本放置在涼亭的石桌上，周邊並沒有其他固定照明，主要光源來自於前方某人持有的設備與後面正在直播的男孩，以及小情侶手上的手電筒，隱約只能看出漫長的階梯，兩旁景物都是些無人修剪的樹藤雜草，幾人走的路徑塡滿了垃圾與枯枝落葉，看起來非常荒涼，幾人邊走還邊傳來零星拍打蚊蠅的聲響。

「阿進，祥哥呢？我們剛剛在外面有看見他的機車，人呢？」情侶男生帶著女友快走幾步，詢問手機主人。

「阿進」不知道是在思考還是恍神，沉默了幾秒才傳來聲音：「不知道，沒看到，來的時候集合點只有我，後來小三才來。」

「我也沒看見。」前方傳來另一道聲音：「來的時候只看到阿進在涼亭……幹，祥哥該不會故意躲起來要嚇我們吧？」

「很有可能，有夠白爛。」

「等等找到東西的話不分給他。」

「沒差吧，反正誰找到就是誰的，沒來就沒份囉。」

少年們嘻嘻哈哈地說著。

鏡頭隨著主人走動而不斷搖晃，加上手機本身並不是很好及環境幽暗，拍出的景物滿模糊的，更別說人物清晰的長相，乍看之下大多都只有個基礎人形。

不過看了一會兒後，倒是很快分辨出在場幾人的身分與暱稱——

拍攝直播的平頭少年「佑承」。

情侶關係的「小陸」、「茉茉」。

沉默但顯然是幾人中領首的「阿進」。

活潑話多的「小三」。

完全沒有露面的「祥哥」。

□

「不過你們不覺得這裡有點詭異嗎？」

茉茉緊緊抱著男友的手臂，聲音帶點些微的不確定，「東西眞的會藏在這裡嗎？我看地上好像沒有新走過的痕跡耶？該不會是耍人的吧。」

「應該是很早之前就來放了吧，貼在挑戰間的都是眞的啦，不然就被版主踢了，更別說是祥哥介紹，穩的。」小三並不怕周遭幽暗詭異的環境，語氣比起其他人稱得上是愉悅：「怕什麼，就算這裡眞的有啥東西，我們幾個也可以把他搞掉，別忘記之前被我們嚇跑的那些人……還是妳眞的怕有鬼？哈有鬼都是編出來的啦，我媽說這裡只是地主後代不想出錢整理才荒廢，所以才一堆外來仔亂編。」

「眞的齁……」茉茉不太肯定。

「蒸的蒸的，不是煮的～」

「講什麼幹話啦！」

一行青少年嘻嘻哈哈地吵鬧了幾句，持續直播的佑承依然落後眾人一段距離，燈光掃到的位置看過去都是差不多的荒涼園景，偶爾遠一些可以看見隱藏在黑暗中的老式建築，但過於模糊所以不甚清楚，只感覺灰灰黃黃一片，還有不少黑色裂紋與彎曲藤蔓張牙舞爪滿滿地攀爬壁面，遠觀竟彷彿有點人形的輪廓嵌在上頭。

顯然觀看直播的網友們也察覺到，發言有點逗笑佑承，他刻意把手機往那方向舉了舉，說道：「哪有像人，你們瞎嗎，剛開始就這麼抖怎麼看下去啊哈哈哈哈。等等走過去就知道那裡有沒有人了……對啊對啊，都假的，不過這邊因爲比較偏僻，之前好像有流浪漢偷偷躲到裡面，但被現在的地主趕走了，沒辦法呀這是私人土地……」

「佑承快點！」

直播的少年因爲邊聊天又落後其他人一段距離，前方的人再次傳來喊聲：「幹嘛拖拖拉拉的，等等眞的把你一個人丟在這裡喔！」

「幹等等啦！」佑承快步追上同伴，「吼走這麼急投胎喔！現在人正要變多，外面多拍一點也沒關係啊。」

「走太慢等等東西被拿走，挑戰失敗怎麼辦，我們先去拿完再回來拍啦，而且外面有什麼好拍的啊，要拍就去裡面再慢慢拍啊。」小三在前方說著，手電筒光源掃過來，除了映照出兩邊雜亂的灌木以外，還有已經快要消失在大後方的涼亭。「咦？」

「怎麼了？」茉茉有點顫抖。

「可能眼花了，剛剛好像看到涼亭那邊有東西？」小三頓了頓，直射的光停在下方遠處半陷入黑暗的涼亭。

「沒東西啊。」寡言的阿進冷漠地開口。

「看錯了吧。」小陸也跟著說道：「啊，說不定是祥哥，該不會其實他去拉肚子吧，他早上才說今天肚子怪怪的。」

「靠夭喔，這地方要去哪裡拉肚子，露天拉嗎。」小三哈哈笑了幾聲：「等等如果他澇賽的地方就是我們要找的東西的位置就好笑惹，有味道的一晚。」

「可以不要這麼噁心嗎。」身爲女孩的茉茉對可能要發生的屎味非常不喜。

「佑承又落後了。」小陸語氣有點無奈，舉著手機的同伴退回好幾步，可能是因應直播觀眾的要求，所以往回走了一點去拍攝下面快消失不見的涼亭，隱約還能聽到他說確定什麼都沒有的講話聲。

「乾脆把他丟在這裡算了，我們快點去找東西吧。」比較重視目標物的小三催促其餘同伴：「愛拍讓他一個人比較有氣氛啦，人多他就拍不出恐怖恐怖的氣氛，搞不好我們先走，等等他就眞的拍到什麼。」

「屁啦，不要亂講話。」茉茉可能是怕後方同伴眞的被丟下，好心地放大聲音喊道：「唐佑承快點啦！你很慢欸！」

「來了來了，你們……」佑承猛地停下腳步。

「怎了？」茉茉問道。

「好像有什麼聲音？」佑承疑惑地回過身，「你們有沒有聽到？」

「不要嚇人喔，這一點都不好笑。」

小陸的話才剛說完，佑承的方向傳來急促尖銳的慘叫聲，鏡頭與燈光劇烈搖晃，並沒有拍到那裡發生什麼事情，只有落後的少年淒厲的求救與其他人的嘶吼、茉茉驚嚇的尖叫，隨後是某種沉重物體接二連三的撞擊聲響。

掉落在地上的手電筒滾了幾圈，照亮了台階上緩緩擴大範圍的暗紅液體。

畫面劇烈震動幾下，再度陷入黑暗。

影片就此終止。

□

螢幕畫面停留在最後的黑暗。

「尋寶挑戰。」林致淵打破短暫的寂靜，先開口解釋影片裡青少年們口裡的挑戰遊戲，「前段時間突然興起的網路遊戲……也不能說突然，原本是在檯面下流行，從某個解謎同好的網站上開始，最初只有小範圍的同好們互相刊登挑戰比賽，不知道什麼時候突然被青少年們廣為遊玩。遊戲種類很多，最流行的是『尋寶』，發布者將獎勵放置在指定區域，挑戰者去尋找，獎勵價值會視地圖難度增高，而比較具規模的挑戰發布平台會規定獎勵價值不得低於多少，並有嚴格的會員制度。」

林致淵說明遊戲的同時，聿敲動鍵盤，很快找到幾個私人遊戲網站，以影片的關鍵字「趙家舊院」、「唐佑承」下去搜尋，幾秒後果然跳出相關討論。

「兩個月前。」聿看了看討論的時間，兩個月前爲高峰，數千條討論不但附有他們剛剛看的這段影片，還有好幾條新聞連結，不過新聞沒有指出舊宅與青少年的姓名，大致上只描述一群青少年夜遊莊園廢墟，疑似遭到流浪漢攻擊，並且因爲天黑視覺受限，倉皇逃逸時有人摔落坑洞，附近居民隔天發現舊宅外停著機車，以爲又是不良少年在這裡玩鬧，直接報警後才發現這起事件，總之那晚變故造成了二死一重傷兩失蹤。

「佑承」頭部遭到數次重擊，當場死亡。

「小陸」遭到利器穿胸，當場身亡。

「茉茉」摔入坑洞右腿骨折，頭部遭撞擊，陷入昏迷。

「阿進」失蹤。

「小三」遭到利器割喉，當場身亡。

「祥哥」失蹤。

失蹤的兩人至今沒找到蹤跡。

茉茉疑似腦部機能受損，有可能就此成爲植物人。

不知爲何，這種造成死傷的新聞竟然沒有被大肆報導，至少虞因覺得好像只聽過青少年夜遊致死的事故，並沒有特別的強烈印象。

「其中死亡的佑承與失蹤的阿進背景有些問題，似乎家中有人壓下新聞，加上那陣子新聞猛炒一些奇怪的事件，所以這則很快被沖走了。」林致淵稍作解釋。

「沒有意外的話，本來想找我們的家屬應該是茉茉的家人？」虞因思考片刻，問道。死亡的先不說，現在狗急跳牆到想要什麼「偏方」都嘗試看看的，最有可能是僅有的倖存者家屬了。

「是的，錢苡茉的家屬不相信女兒會變成植物人，遲遲未清醒後就開始各處尋找名醫及民俗方式，在學長和周大師之前，由北到南已經找了七、八位『大師』前往作法，醫院也換了兩、三家，錢家長輩堅信錢苡茉是煞到陰物，按照那些法師給的說法，要將錢苡茉的魂魄招回來，否則她會一輩子無法清醒。」林致淵有點同情地勾起唇，果然看見虞學長一臉寫著「我看起來像是會作法招魂嗎」這種無言問天的表情。

「毀滅吧。」虞因只有這個感想。

先將頁面收起，聿點開了第二支影片。

這次影片很短，只有數秒，大概是掉落地面的手機在終止拍攝後，不知道為何又重新開始拍攝。畫面依舊黑暗，僅收錄了很沉重的喘氣聲。

「……呼、呼……死……都……死……」

混濁的話聲只能聽出是男性所有，聲音斷斷續續，好像喉嚨哽了什麼濃稠的物體，幾乎發不出更多話語。

影片再度停止。

「這聲音好像都不是那些小孩的。」虞因皺起眉，大概是聲帶受損的緣故，聲音聽起來非常失真，不過仍可以確定不是影片中那幾名青少年。大概因為如此，警方才會暫時列為有可能是遭到流浪漢攻擊。

林致淵點點頭，說道：「錢家帶來的就是這兩段錄影，奇怪的是，據說那晚所有手機全都遺失，警方至今一台都沒找到，這兩段影片是案發後有人寄到錢家，他們才拿著到處求助，警方似乎也沒有找到寄出者。」

接下來可想而知，十之八九是錢家到處求神問卜，所以影片快速外流，搞得在這些奇奇怪怪的論壇被貼得到處都是。

「直播的呢？」聿開口。

「對欸，直播的影片呢？」既然已經知道這些青少年的身分，當晚第一個遭到攻擊的唐佑承正在直播，那麼首當其衝的直播影片很可能會拍到凶手。

「這就不清楚了，家屬只收到這兩段，唐佑承的直播影片沒被流出。」林致淵越講也越覺得不對，就算唐佑承的手機影片沒被流出，但當時同步觀看直播的網友應該不少，不可能什麼都沒有。

「唐佑承的頻道在哪？」聿詢問的同時，已開始快速搜索網路。

初步搜尋的結果令人吃驚，但也不算非常驚訝，畢竟網路沒有流傳就是個前兆。

網路上查找不到唐佑承的直播頻道。

當時的討論中不少人也想到這個問題，但關鍵字一路查找下去，這些人一樣找不到唐佑承的頻道。

「或許當時他不是使用公開頻道，而是私人群組？」林致淵提出比較可能的狀況。

「但他的樣子看起來比較像在公開直播。」虞因身邊不少人有在搞直播，連李臨玥也不時會拿著手機擺拍小短片，所以可以很輕易分辨出兩種拍攝方式的不同。

這麼一來，問題又回到原點，唐佑承的頻道在哪？

「可能是私人網站，面向特定會員。」聿重新搜索網路，不過這次需要的時間比較長，便先放著電腦跑程式。

「言學長呢？」林致淵憋了半天，還是開口問了另外一人。

「在樓上逃避現實。」一提到逃跑上去的傢伙，虞因就想到砝碼的事，直接冷笑了聲。

「啊……混個體重沒那麼嚴重吧……」林致淵反射性往走廊方向看了幾眼，有點可憐躲在樓上的學長。因為是被嚴司發現的，所以差不多等於全世界都知道，凡是相熟的人皆知道某人體檢偷偷藏砝碼增重的事，散播速度之快，群組已跳出好多人在關愛小朋友，還有人提供各種養胖食譜，讓某人可以再多幾公斤出來，擺脫造假的黑歷史。

「很嚴重。」虞因皺眉，有點不太高興，「他體重又倒退了。」

明明前陣子吃好睡好養好，長了不少肉，體重也比較樂觀地再向上升，照理來說應該會慢慢朝正常人的方向前進，但這兩次體檢又開始往下落，虞因暗暗觀察了一陣子，感覺作息似乎沒有過多變化，可能的原因就讓人比較憂心了，畢竟東風還藏著不少事情，很可能會因爲精神影響身體。

東風應該自己也有察覺，所以這次才會想出混體重這種餿主意。

林致淵不太清楚詳細的過去糾葛，但同意掉體重不是好事。

「這個要上去叫人。」聿彎指敲敲螢幕上模糊的影片畫面，雖然他也可以處理，但沒有樓上那隻的敏銳與速度。

「我去叫學長，順便下來吃點心。」林致淵馬上往二樓方向跑。

虞因看向敲著鍵盤的傢伙，「你故意的吧。」他就不信花點時間這小子弄不出來。

聿聳聳肩。

□

「所以說，爲什麼要弄啊。」

被喊下來的東風了解了事情經過，看完一輪模糊搖晃的影片後，皺起眉看著幾個人。

「周震不是攔住了嗎？這種事情就交給他吧，何必自找麻煩。」

「防範於未然啊，小淵說了家長難搞。」虞因濃縮了下周大師那邊的意思，「總覺得他們不會善罷干休，而且……算了沒事。」

東風嘖了聲，與其他兩人沒有追問對方未竟的話，拿著水杯坐到電腦前。「對了，那個我覺得應該是人吧。」

「什麼？」虞因茫然臉。

「……你們眞的有認眞在看影片嗎？」東風與聿互換一眼，虞因則是和同樣一臉問號的林致淵對看，後兩人完全理解不了影片裡還有什麼被忽略的人。

劇烈搖晃的影片被快速倒轉，最後停留在唐佑承發出慘叫後，這瞬間的畫面因爲阿進的轉身，所以鏡頭別開，沒有第一時間拍到相關畫面，並且小三等人的手電筒已經朝向前方，所以後方的暗處更加難以拍攝。

接著是幾人的尖叫，然後是撞擊聲，伴隨著悶響與逐漸變小、衰竭的哀號。

阿進與小三等人可能試圖阻止某種可怕事態的發生，三人都有不一的行動，不過他們並沒有堅持很久，手機劇烈震動了幾下，看過影片就會知道最後手機陷入一片黑暗，終止拍攝模式。

東風把影片停在這一片黑暗，擷取後調亮、調整這幅定格畫面。

隱隱地，黑暗中出現了人形輪廓。

雖然依舊看不太清楚，但可以描繪得出來似乎是個渾身全黑的成年人形體，然而大得有點離譜，整個人膨脹似地約莫有成年男性的一點五倍寬大。

畫面就這麼一瞬出現人形，隨後手機停止。

「看起來好像也不是正常人類。」虞因瞇起眼睛打量片刻，雖然這麼說不好，但這種大小……就很怪啊！

「所以果然是——」林致淵感覺大概又快要接到大師的暴躁電話了。

「難講，搞不好只是衣服穿得厚了一點。」東風打斷兩人歪掉的思考。

「穿成這樣會熱死吧。」虞因搖搖頭。

畫面糊成一團黑，除了畫質差、過於搖晃以外，人形只佔好小一部分，還眞的很難判斷到底是人臃腫或者穿太多。

「選一支好手機眞的很重要，拍成這樣鬼都認不出來是不是同類。」凝視著一團高斯模糊的人形半晌，虞因只剩下這個感觸。

「不過終究還是人吧。」東風手指點在滑鼠上。「人才會仇殺人。」撇開怪異的人形不講，幾個死者都是致命傷，下手的人異常仇視這些青少年，有凶器、疑似有動機，死的還是同一批人，怎麼看都不像流浪漢或另一世界的存在，他還是傾向這是人類才會做的事。

但如果動手的阿飄是他們的仇人，那還是有很大機率另當別論。

「這在外縣市……要問問嚴大哥能不能幫忙了。」討論到這個地步，即使虞因主觀並不想蹚這個渾水，還是有點該死的好奇心，想私下偷問看看。

幾人面面相覷，最後把視線放到東風身上。

「滾。」被三雙眼睛盯著的人並不想去找神經病交流，話說回來，明明虞因自己去更好打聽消息好嗎！

「開玩笑開玩笑的。」虞因當然不可能眞的叫對方去觸霉頭，不然下個受死的對象就會是自己。於是乖乖地拿起手機自己到旁邊留言給身在不知何處的某法醫，看看能不能給他們透露點相關訊息。

會說身在不知何處的原因是某人去參加研討會了，這兩天暫時不在，更別提突然衝出來作祟。

不過這個時間……

虞因看了眼手機，不到中午放飯，應該還在研討會中，不會太快回覆吧。

「獵奇站可能會有。」聿拿著茶杯，左手搭著東風的肩膀。

「嗯，看看。」東風取出平板，很快登入了之前潛伏的亂七八糟網站。這是一些專門收集各種獵奇軼事的私密網站，要加入和維持會員身分得花很多工夫和時間，但因爲他們的事蹟有一定程度被暴露在這些地方，不管要控制還是要爆人家站點都必須先進入，所以東風和聿手邊有幾個類似這樣的網點與僞裝過的聊天APP清單等。

搜尋了一會兒，果然找到幾個同樣有討論這件事情的地方，更詳細的還附上幾張側拍的現場照片與死亡相片，但清晰圖檔須用付費點數購買，東風想了想，直接交給聿採用會被報警的方式解開點數鎖，很快一張張鮮血淋漓的照片沒有任何馬賽克地暴露在人前。

雖然詢問嚴司或是虞家大人們有極大機率拿到現場照片，但也可能會和這種私人拍攝的不同，有不同的角度、看法。

解鎖的這批照片很顯然是第一批發現者拍下的，周邊還沒有警方的痕跡，拿出來賣的可能是居民或聞風先抵達的記者，比較可能是居民，拍攝手法不似記者般專業。

虞因微微皺了下眉，不論看過多少次，他依然很厭惡買賣這種照片的人，就像那些貪婪的鬣狗，在人死後繼續不斷用各種手段挖掘殘餘的尊嚴與價值，對死者與家屬來說都是不敬與傷害，然而會以這種方式出售的人多半也不會免費把資料交給檢警。

「以後有機會處理。」聿看了對方一眼，不用詢問也可理解想法，於是淡聲說道。

「嗯……」虞因點點頭，重新專注於照片上的細節。

拍攝者雖然不算專業，又或者因爲警察到達的時間太快他來不及更多操作，因此沒有特別拍攝重點創傷部位，幾張照片都是有點距離的半身或全身，另外還有兩張儘可能把整個案發現場拍入的全景照。多虧了這兩張，結合那段影片，他們很快推測出幾人遭到襲擊的順序，並且暫定凶手應該僅有一人。

聿兩人很快地列出受害者對應的姓名。

第一個遭到襲擊的是從階梯返回的佑承，影片中可以非常確定這點，他在下方時遭到攻擊後應該沒有立即反應過來，最開始疑似是被石頭一類的物體攻擊，接著凶手在他倒地同時抓住他的頭狠撞石階，半張臉幾乎面目全非，鮮血淋漓的後腦有幾處的頭髮連頭皮被撕扯一小塊下來。

接著凶手並沒有迷失在同一個獵物身上，他很快起身，身體或衣物掃過石階上的鮮血，將血痕往上帶，迎接衝過來的小三，快狠準地將小三喉嚨劃開，於是小三摀著脖子蜷曲在佑承旁邊。

當下同時阿進很可能也遭到攻擊，因爲四濺的血液裡，有一部分血液橫向衝出側邊的植被，隨著壓倒的植物拉出距離。

然而凶手沒有追擊逃跑的人，反而追上情侶檔，與留下的小陸發生糾纏，最後小陸胸口被刺了數刀，幾乎全集中在心臟處，才不支倒下。

這段期間茉茉逃走了，最終在坑洞裡被找到。

而連殺了三人的凶手則是調頭，帶著血印往前面逃跑者的方向追去。

至此，阿進失蹤，未曾出現的祥哥也行蹤成謎。

如果沒有畫面上詭異的人影出現，這樣的現場，虞因絕對也會在第一時間認定是人類犯的案，恐怕還是一場凶殘的仇殺。

「或許只是裝神弄鬼呢？」林致淵被異世界荼毒的時間比較短，雖然也覺得人影不太對勁，不過倒是聯想到這幾年來一堆亂七八糟的網紅布偶裝，如果是穿著那玩意行凶也不是不可能。

「唔……也是……」虞因想想，覺得也有這種可能，畢竟現在的人腦袋越來越奇怪了，不能按照原先的思考邏輯去推斷。

還是先暫定爲人類吧。

但話說回來，這件事情不管是不是人都輪不到他們操心，無論異世界還是人類世界，都已經有專業人員接手，他們就是滿足一下好奇心看看八卦而已。

……

……

大概吧！

2

虞因按著太陽穴。

果然事無絕對。

林致淵送來影片的當日傍晚，他們關閉的工作室大門外出現了一名約莫四十多歲的中年女性，看上去精氣神相當不好，全身消瘦得很厲害，穿在身上的灰色套裝彷彿直接套在骨架上，相當空蕩，唯有一雙凹陷的眼睛散發著某種瘋狂又詭異的精光，死死盯著對講機的螢幕。

「我要找、工作室的主人。」

女人按了訪客鈴，沒有得到回應，機械般執著地反覆按壓小小的按鈕。「我是，錢苡茉的媽媽。」枯黃的指尖再度壓下訪客鈴。

來者孤身一人，夕陽餘暉將她乾瘦的影子拉得長長，光影映射下即將扭曲成某種異樣的形體。

原本正打算下班的幾人現在被堵個正著。

「怎辦？」虞因看向另外兩人，覺得頭很痛。所以大師滿足不了對方嗎？為什麼這麼快就出現在這裡？

聿聳聳肩不表示意見，東風則是皺起眉，反問：「不理她，她會善罷干休嗎？」明明已經被周震攔下來，但還是硬跑到這裡，他並不覺得對方會吃下軟釘子，連續不斷的刺耳訪客鈴更讓人無比焦躁。

感覺就是不會放棄的模樣。

整個很麻煩，即使從後門跑路，這名女性肯定會繼續來堵門，再恐怖一點，說不定會堵到家門口。

一想到這種可能，虞因就毛骨悚然。

「你決定。」東風把狀況傳給周大師，很隨意地說。

「……」虞因看著同樣擺爛的聿，深深感受到兩位合夥人把巨大的鍋全都堆疊到他頭上的可惡行為。「算了，是福是禍都躲不過。」晚一點再找大師瘋狂抱怨。他扭頭看了眼東風，後者理解他的意思，想了想便選擇邁步離開大廳。

虞因打算在外面的客廳接待怪異的客人，所以東風可以去其他房間觀看監視畫面，是不想應對麻煩的客人時較佳的選擇。

「你進去嗎？」虞因看看開始重新煮水準備泡茶的聿。

聿搖搖頭，選了款有鎮定效果的花草茶。

在訪客鈴不知第幾十次響起後，虞因走出小前院打開大門，正面對上半身隱藏在日落後黑暗中的婦人。

女人有點遲緩地抬起頭，發亮的眼睛死死盯著終於開門的人，乾澀的嘴唇隨著一張一合撕裂開了血縫。「我是，錢苡茉的母親，我要委託……」

「很抱歉，我們並沒有承接任何妳想像中的委託。」虞因被那種情緒強烈到恐怖的眼神看得很不舒服，不得不打斷執拗的話語：「這裡只是一個普通的設計工作室，沒有什麼額外的業務，您請另外找人吧。」

「我是，錢苡茉的母親……」似乎聽不見對方的話，女人神色僵硬，再次開口重複剛剛未竟的話：「我要委託……我的女兒在流浪……她不能在外面不回家……」

虞因感覺對方是聽不懂人話了，完全就是他最不想接待的那種類型。

「我們這裡……」

打算再重複一次剛剛的話，試圖勸說對方有點理智，才剛講了四個字，虞因猛地瞥見女人極細微的動作，反射性向後退開，正好讓他躲過尖銳的刀鋒。來不及多想，他隔開女人還想逞凶的手，反掌擒住的同時，將人側身摔倒壓制在地。

同樣發現不對勁的聿快速出屋，提來一串棉繩把人先固定好。

一分鐘後，預先通報的巡邏員警也來了，恰好接手掉在地上的水果刀，以及精神非常不正常的女人。

「你去找我女兒！我女兒回不了家！你去找她啊！爲什麼你們都不去找她！她一個人在外面啊啊啊啊啊啊！」

女人發出嘶吼，不斷掙扎，一雙布滿血絲的眼睛依舊狠盯虞因不放，明顯確定自己要找的人是誰。「你不是可以找到她的嗎！爲什麼你們都不幫忙！你們明明可以做到的！爲什麼不去找她！啊啊啊啊啊啊——」

兩名員警扣住瘋狂掙動的女人，花了好大一番工夫才把人拖進巡邏車。

因爲動靜過大，沒多久附近出現了圍觀人潮，或多或少都是熟悉的街坊面孔，對著車裡拚命撞車門的女人指指點點。

「我們先把她帶走。」員警們看對方沒辦法溝通，只能先把人弄走，再決定要如何處置。

「辛苦了。」虞因送走員警，接受了一會兒街坊們的慰問後重新關上工作室的對外大門，這時才發現肩背緊繃到有點痠痛。

剛剛事情發生得太快，他其實有瞬間沒反應過來，把人按倒在地才意識到那女人想幹什麼。

殺他？

水果刀的方向確實是朝向他的胸口。

是有什麼深仇大恨？

聿前後檢查了一圈，沒發現傷口，才微微鬆口氣。

「周震線上。」東風拿著手機走出來，是大師的視訊畫面，顯然也從東風口中得知剛剛發生的事情。

周震先詢問狀況確定小孩們都沒受傷後，也敘述了他們那邊的情況——

錢苡茉的雙親不知道從哪裡的高人聽來女兒「離魂」，並且對此深信不疑，尤其是錢太太，堅持看見女兒的魂魄在外面遊蕩，「女兒」還不斷對她訴苦，說是再不讓她回去，她就要魂飛魄散了。

奇怪的是那位指點的高人沒有替他們處理「離魂」，問就說是修行不到家，得另找高明，把這個鍋甩得一乾二淨。

於是這段時間以來，兩夫妻各種尋找傳聞中「法力高深」的高僧或大師，務必要在女兒三魂七魄散光前將人帶回。

「根本聽不懂人話。」周震忿忿地表示：「姓錢的他老婆堅持離魂的說法，死也聽不下別的意見，她認爲我們辦得到但是不幫她，倒是姓錢的還比較有點理智，沒想到他老婆會擅自跑去找你們。」

雖然男的有理智，但接觸過程並不是很好，如果可以，周震非常想打爆他們的腦袋，乾脆讓他們親自去找女兒算了。

「等等，那和她突然砍我有什麼關係？」虞因搞不懂那一刀的緣故。

「喔，可能想人工強制你靈魂出竅吧，直接殺成重傷之類的搞不好在某種情況下還眞的會。」想想大概有八七趴是這個原因，周震露出憐憫的神情，完全不隱瞞自己看倒楣鬼的熱鬧。「我本來提議他們去觀落陰，結果他們說觀了好幾次都沒找到，一定是他們修行不夠，想要找有能耐的人去幫他們出魂找人。」

「……」受害者只感受到眞的很靠夭，到底是招誰惹誰。

「所以那位錢苡茉發生什麼事？」東風問道，既然大師是這種反應，那麼昏迷中的少女應該不是其母所想的「離魂」。

「鬼知道。」周震聳聳肩，不管怎麼說他又不是專業人員，涉及到靈魂這類高深問題只能三分話七分保留。「但看起來不像離魂，小屁孩身上沒有失魂的跡象，我看她臉上魂魄俱全，怪的是生機黯淡衰竭，或許是因爲這個才遲遲不醒，她沒有可以醒來的能量。」

魂還在，但很衰弱？

東風微微歪頭，這個也不在他可理解範圍，「嚇到精神衰竭？」用正常理論推斷，看見熟識的友人在面前被活活殺死，嚇到精神崩潰甚至死亡都有可能發生。

「搞不好。」虞因也覺得說得過去，反正都是不可捉摸的範圍，驚嚇過度之後會發生哪些負狀態都說得過去。

「有遇鬼痕跡嗎？」聿突然開口。

周震聽到這問題，警戒地瞇起眼看著螢幕那端的三個小孩，一臉防備他們下秒就會搞事的表情。「表面沒有，但身上有陰氣。」

「旁側或間接接觸？」東風跟著問道。

「應該是，看起來很淡，不過前面他們找過好幾個『高人』，被動了不少手腳，所以沒得找源頭。」周震最煩的就是這個，高人們能力參差不齊，有的是真心爲了少女好，所以儘可能將影響去掉，有的不知道搞什麼鬼弄得亂七八糟，連父母成天近身照顧都多少沾染上，因此他這個非職業人士對於源頭已經無法判斷，甚至不能確定起源是不是在老宅。「只能去那鬼地方看看有沒有相似的陰氣了。」

「行吧，我這邊問問其他人。」虞因正想著詢問虞佟等人或是嚴司有沒有回應，就看見群組跳了幾條消息，後者那個難得蒸發整天的傳送了一個很大的文件包，同在群組裡的聿已快手下載。

「你們幾個不要瞎攪和啊。」

掛掉通話前，周震還是非常不信任地交代一句。

□

「小朋友們又在搞好玩的事情了。」

嚴司看著手機群組，一臉商業微笑地抬手擋掉旁邊莫名其妙邀拚酒的路人甲，然後走到較少人的一側。上午收到他們的詢問後，因爲比較忙沒有立即回應，但回頭詢問同在研討會的其他友人讓他問到了關係，剛收到資料就直接整個轉發給小朋友們，現在才得閒可以好好把事情看個清楚。

「三死案？」跟過來的黎子泓也收到群組文件包。虞因等人並沒有遮掩事件，這次中規中矩地把怪異的委託事件始末傳到固定群組裡，所以包括他與虞家的家長們在內，都很清楚連同婦人動手等等的相關事情。

三死兩失蹤一重傷的案件不在他們轄區，而是橫跨不同縣市，承辦的檢座不熟，但經手的法醫莫名其妙又與嚴司有相隔萬重山的千絲萬縷交情，具體關係似乎是他教授的學長的學生同研究所的學長，所以對方私下偷偷給了點資料，更進一步的就要遞交申請了。

有時候黎子泓覺得自己這位朋友不知道該怎麼說，但如果改行去做徵信社說不定會風生水起。

兩人相偕離開吃得差不多的聚餐處，轉到餐廳附帶的小花園，燈光優美的寂靜環境隔絕室內一眾繁鬧，這才有時間點開文件查看。

傳來的檔案裡有幾張現場照，幾張屍檢照與簡單的報告，沒有過於深入的其他相關調查，但有這些再加上虞因傳的兩支影片與照片，足以架構一個初步現場與發生過的相關事故經過。

「嗯，這個切面？」嚴司的視線停在屍體的傷口上。

與小朋友們網路找到的現場照不同，屍檢照相當清楚地拍攝到凶器造成的特殊創口，因為身邊友人家裡也有類似的物件，所以他未看報告便直覺想到是什麼：「藍波刀吧，刀背有鋸齒那個，你家好像有。」

黎子泓點頭表示認同，以往與山友多少會使用到各種野外刀具，加上好砍人一點的容易出現在各大火拚現場，所以他們對這切口的形狀算熟悉。傷口全是同件利器造成，只有一把凶器，甚至有一小片刀刃因用力過猛嵌在受害者骨頭裡，但現場並沒有找到凶器下落。

「看來有深仇大恨，這絕對不是阿飄幹的。」都會選擇凶器了，哪家的飄這麼講究。嚴司快速翻閱之後給出結論，「一個凶手，一把凶器。」凶刀造成的創口全出自同一人之手，沒有第二人下手痕跡。或許是因為凶器有其特殊性，所以發布出來的新聞並沒有明講，最多只提到是刀傷，還有媒體自己編故事說是水果刀與西瓜刀，竟然有模有樣地去五金行與網拍採訪，額外衍生了一篇「論刀具容易入手造成的傷害」。

靜靜看完通篇資料，黎子泓的結論與友人差不多，凶手與受害者們有仇，並且不是一般仇怨，從挑選凶器到傷口都集中在致命處就可說明這點。當然他們看得出來，負責的檢警單位自然也看得出，隱下部分與凶手、凶器相關的情報，正在調查與追蹤。

畢竟這種犯案方式有很大機率是熟識的人動手——熟到知道這些人當晚行程，可以喬裝後先行埋伏的關係。

與外界所知不同，官方資料裡，現場還有另一名失蹤者「洪祥駿」的血液反應，但並不在受害者們集中的死亡地點，而是在他們最早集合的涼亭約兩百公尺外的一處矮樹叢裡，現場血量雖不到致死但也極多，推測很可能是最早到達的受害者撞破了什麼，被人騙進樹叢提早殺害，至今下落不明。

而另一名失蹤者、也是少年們當中的首領「梁進」，他的殘留痕跡比起其他人少很多，顯然離事發攻擊有點距離，之後橫向逃出了階梯右側樹叢，最終行跡中斷在另一面斜坡後。檢警們在斜坡那側的石磚地裡採到部分受害者們的血跡，應該是凶手追上來所遺留，但兩人行蹤自此成謎，移動蹤跡至此結束。

如果是一凶手、一凶器，梁進並不符合行凶條件，他最大的可能是在凶手逞凶時逃逸，但遭到了陷阱、埋伏，或者遇上潛在的幫凶後消失。

只憑影片一閃而過的畫面要追找凶手很勉強，凶手的喬裝連鞋套都有，現場留下的血鞋印沒有明顯特徵，警方還在悲慘地排查類似的人偶衣從哪裡來。

「一百八十左右吧，男的，六十多公斤。」嚴司仔細查看了屍檢報告，按照傷口的角度再把現場環境加加扣扣，勉強可以推算行凶者可能的高度與大致體型。

「兩名失蹤者都符合。」黎子泓想了想，還是託請認識的學長幫忙問問負責檢座，並委婉地請對方將錢苡茉家人的行爲也一併告知，雖然他們十之八九已經知道。

很快地，學長回應了負責檢警正透過轄區與錢苡茉的家屬溝通，沒意外的話晚上應該會到，學長甚至相當爽快地問了檢座，讓雙方加好友。

與該位檢座聯繫上後，也不太須要過多寒暄，對方迅速就把錢苡茉家人的狀況告知黎子泓。

毫不意外，發生事情前，錢母就是位非常迷信宗教的人，並且經常出入道場，這次推斷錢苡茉「離魂」的高人就是道場師姊推薦的，據說非常靈，聽說私下詢問費就要準備五位數紅包，目前預約都滿排了，錢母當時還得透過這位師姊才能卡位。

「又是邪教斂財嗎？」嚴司靠在一邊看對方給的消息。

「還不清楚。」黎子泓淡淡說道：「但趁虛而入可以肯定。」就這麼恰好，在錢苡茉出事後這位師姊介紹高人，這麼恰好可以卡位先去詢問高人，又這麼恰好高人找出原因無法處理，必須尋找其他大師出手。

這放在他們眼裡，根本是宗教詐財的初階起手式。

大概再過一陣子，魂飛魄散的日期快到時，這位「高人」就會改口他可以豁出去幫忙處理，但會影響到他的精氣神或生命，需要各種法器來彌補了。

「所以這個魂是有飛還是沒飛？」嚴司比較好奇這個。

「周大師說沒有。」群組裡，小孩們規規矩矩標註大師的結論。

「怎麼判斷的？臉上會像電池一樣有格嗎？少了一魂掉一格？那如果三魂七魄俱全，是不是電池和訊號都滿？」嚴司貞的很想找一天與周大師友善地學術討論，在科學與玄學之間找到人生新道路。

「……」黎子泓並不想理隔壁越來越離題的怪問題。

負責的檢座姓高，拜訪過這位「高人」與師姊，目前沒有找到可確實指控斂財的證據，高人與其他高人一樣，採取沒有定價的紅包制，金額全都是來自於對方的心甘情願，甚至高人有時連紅包也不收，問就是拜訪者強迫高人收下，高人從未強求。

手法雖然老，卻很好用，如同錢苡茉的母親，如同每一個渴望將丁點奇蹟握在手裡的人，今日一個，明日一個，前仆後繼，往往難以停歇。

身邊的夥伴不知道什麼時候停下亂七八糟的喋喋不休，黎子泓收回遊走的思緒，跟著對方的視線看過去——小花園的入口處不知何時站了一名少女，約莫十四、五歲的模樣，容貌很清秀，剪了乖巧的齊耳短髮，裝飾的石路燈將她的倒影在碎石路上拉得瘦長，散成一深兩淺三股。

少女穿著領結百褶裙洋裝，看上去非常清爽乾淨。

嚴司挑眉，「有事嗎同學？」

女孩怎麼看都不像是來參加他們這種研討會的，或者是參加者的家屬？

不管怎麼說，夜晚時分加上小花園位置較偏僻，一般小女生應該不會主動靠近站在這裡的兩名陌生男人吧。

少女看來沒有踏入小花園的打算，互相打量的三道視線中，她緩緩抬起手指向黎子泓：「跟著你的存在，執著，但很溫柔。」然後指尖朝向另一人。「你並不是什麼友善的東西，浪費時間做那些無謂的事情，不覺得很無聊嗎？」

黎子泓往前站了一步擋住友人，聲音很淡地開口：「這些事情，與妳也沒有什麼關係，不是嗎。」

少女笑了聲，沒有繼續交談，而是直接轉身離開，只在空氣裡留下很輕很輕的一聲響。

叮——

□

錢苡茉的父親在隔日按響工作室的訪客鈴。

一同到來的還有頭痛到爆的周大師。

大師勸阻不能，又無法打斷對方的狗腿，只能在察覺對方意圖時搶先一步出發，無奈快速道路塞車，到達終點時正好雙雙在工作室門口無言地碰面，彷彿一個詭異的你追我跑遊戲。

這天早上剛好睡眠障礙又爆發，用爬的爬到工作室借宿的甜點店老闆也在，見狀撐著一口氣美其名幫忙泡茶，實際上是偷聽八卦窩在點心櫃台後面摸來摸去。

正好在工作室買麵包的兩名巡邏員警見狀，腦袋裡的警鈴響到最高點，直接留下來，一個大廳左青龍、右白虎，看上去人多又威武，被包圍的錢先生看起來反而勢單力薄，隨時有被圍毆的可能。

搬包裹進來的宅配看到這幅畫面抖了一下，沉重的箱子差點高空彈跳。

草填完簽收單、接過包裹，直接關門把宅配先生隔離在外，轉頭看著屋裡滿滿都是人，場面可說壯觀。

「先爲我妻子的舉動向各位道歉。」被眾人包圍，坐在位子上的錢父謹愼地端起溫度適中的茶水，尷尬抿了口，飄動的視線最後停在虞因身上。「她精神狀況不是很好，因爲小茉的事讓她很緊張……無論如何，眞的很抱歉。」

錢父是很瘦小的男人，如果說錢母是長期精神不佳而消瘦，錢父看上去就是長年辛勞、那種精氣神被沉重工作與家庭耗空的瘦，整個人坐在椅子上看起來薄薄的一片，看不出多少自信。

虞因看看男人，又看看大師，後者對他搖頭，顯然對方的主要目的並不是道歉這麼簡單，果然沉默了幾秒後，男人再度開口。

「小茉的事情……」

「錢先生，你女兒的事情他們辦不了。」周震先聲奪人，直接打斷對方的話：「不管是不是離魂，這幾個小孩都辦不到，他們連個屁道行都沒有，你如果有心想要人幫忙，拜託一點，和你老婆講好不要鬧事，你們覺得你們在幹這些缺德事時，不會影響到你們女兒的氣運嗎？本來狀況就已經很差了，我都開始懷疑你們是不是想拿保險金才這麼盧小，非得打斷生機，說吧，保了幾千萬？」

一邊的巡邏員警咳了聲，沒想到大師講話如此直接。

不得不說，被周大師這麼一打岔，現場幾人也下意識看向錢父。

「沒、沒有，我們只是很急……」錢父立刻擺手反駁，有點驚慌地連連搖頭。

「誰告訴你來這裡？」東風冷不防打斷男人倉促的話語，漠然地看著帶有一絲心虛的外來者，語氣並不客氣：「外面高人那麼多，誰告訴你來這裡？誰說這裡可以解決？誰讓你覺得這種連宗教掛牌都沒有的地方可以解決事情？全台那麼多修行者，爲什麼你們堅持要來？」

「這……」男人垂下腦袋，反射性避談。

虞因看著來客幾秒，意會到東風那些問句的用意後，皺眉站起身。「不好意思，辦不到，請不要再來打擾我們工作。」

「不！你們可以幫忙——」錢父立刻從位子上站起。

因爲他的語氣與態度過於異常，兩名員警立刻把人攔住，並且確認工作室幾人都不想留客後，將人送出大門，順勢給予幾句不可再來騷擾的警告。

意識到一屋子的人不可能再讓他入內，錢父罵罵咧咧地走了，看起來並不像會就此甘心。

「有人在推鍋給我們。」

虞因送走巡邏員警後才緩緩吐了口氣，錢家夫婦讓他感覺很鬱卒。

與前幾次各種「慕名而來」的狀況不太一樣，這對夫妻有種說不出的惡感，不論是前一天突如其來的攻擊，或是今天貿然來訪，錢父雖然嘴裡說著抱歉，但實際行爲卻沒有歉意，更別說講幾句補償的話語，只匆匆帶過就想進入要人幫忙的環節。

要知道他老婆前一天還拿刀捅人欸！

讓他們到這裡來的人，不像網路上那種拿都市傳說談笑或碰運氣探訪的類型，反而不曉得給這對夫婦灌輸了什麼，使他們覺得工作室裡的人可以，甚至是「必須義務」幫忙。

現在盯著這裡的人太多，虞因想來想去也想不出是誰對他們惡意這麼重，畢竟很多都躲在網路後面，說不定根本沒見過。

周震嘖了聲，仔細觀察了幾人的面相後，確定還是與平常差不多——陰晴不定夭壽命，「總之這件事情你們幾個別管，要管就向他們收個七十萬手續費，掛了至少有棺材本。」

「……先不要。」這種話被大師說出來就有點可怕，虞因背脊涼了陣，隱約發現大師正隱晦提示他們事情凶險，「這麼嚴重嗎？」還有爲什麼是七十萬？三個人不好除啊！

「你印堂剛剛都黑了一瞬，不嚴重嗎？」周震不耐煩地反問：「有瞬間動搖是不是？覺得有幾條命好耗？世界上高人那麼多，你是有他們厲害還是有他們經驗豐富？眞那麼厲害幹嘛不改開廟當法師還可以代神收香火錢。你知道收集淨水很麻煩嗎，你們是要噴多少罐啊！當我長期大盤商嗎！」

虞因瞬間感受兩側傳來的視線，旁邊聿的目光堪稱死亡掃視，他不得不硬著頭皮假裝沒看見，很無辜地摸摸鼻子。「沒啊，我也沒打算要去。」主要是這對夫妻讓人太不爽了，而周大師他們都去看過女學生，也有人在試圖解決，輪不到他這種雜魚。

噴人期間，周大師下意識也瞄了甜點店老闆幾眼，高大的男人看上去憔悴睏倦，打了招呼之後就離開櫃台往二樓去了。

「這是我們朋友，偶爾會來玩。」虞因簡單介紹一下甜點店老闆，對方眼睛都快睜不開了，等等可能要去二樓把人拖進休息室，不然每次都癱在地上對身體不好。

「講眞，一個路人的命都比你們幾個好太多。」周震不由得感嘆，整個工作室裡竟然是一個去睡覺的人最順坦。

「……可能是他平常不會看到阿飄也不會隨隨便便就被追殺，更不會沒事就上個都市傳說吧。」虞因反射性就吐槽了，槽完才發現聿盯著他的眼神更深沉了。

完蛋，全部都反彈自己。

今天晚上又要吃可怕的東西了，胃痛。

「那不全都你的問題嗎。」這陣子也從林致淵那邊陸續聽到不少都市傳說，周大師只總結了一句話：「誰教你手賤。」

虞因無法反駁，覺得窒息。

東風無言看著迴力鏢打到自己的智障，順手敲著鍵盤，搜索起錢家的背景狀況。

「總之你們不要看他可憐就淪下去，世界上可憐的人很多、救不完，把你們小命留好。」周震仍舊不太放心，只能再甩下一瓶淨水，肉痛地離開了。

聿默默地收好淨水。

大師雖然每次都罵很凶，但會經常叫林致淵送新的過來，不知道是用什麼依據在算保存期限，總之每次送新的來都會帶一句舊的不要用了，所以那些舊的淨水都拿去貢獻給庭院和陽台的盆栽……有幾盆常澆的還變色了，謎之淨水。

客人們走乾淨後，虞因將幾張椅子恢復原位，準備去做客戶的單，手邊還有個小家具設計要送出去，打樣的師傅說好成本價多做一套給他，正好可以用來更新小會客室。

就在幾人正想踏入各自的工作間時，閃動的新聞快報吸引了所有人的目光。

——××區排水溝發現不明男屍。

地點，離探險處非常近。

□

「那具屍體不是探險小組的人。」

虞因從自家父親們那邊打聽到消息和收了一頓警告之後，夾著尾巴回來提供資訊。

溺水趴在排水溝的男屍約莫五十多歲，面部朝下埋在淤泥裡，被晨起農人發現時已氣絕多時。

調查身分後發現是附近的老住戶，鄰里間彼此認識，死者在幾條街外經營小吃鋪，溺斃的排水溝正好在他返家必經的道路旁。平日小吃鋪收攤到整理好，大約深夜一點多，昨日家人遲遲沒有見到死者回來，徹夜尋人，這條路來回走了好幾趟，竟然都沒發現人躺在溝裡，錯過了救援時間。

將死者移出排水溝時，負責員警們聞到酒味，不排除是酒醉失足，也找到昨夜一起喝酒的酒客，目前屍體移交相驗，還不確定真正死因。

讓人遺憾的是，這條溝其實水不深，成人平日站起不過是膝蓋以下的水位，如果真的是因爲酒醉而失足溺斃，那就實在很冤枉了。

「不得不說，這也太巧，剛好就在老宅附近。」虞因嘖了聲，不是想要多想，但真的有夠碰巧。

「世間的巧合往往難以解釋。」東風冷漠地回應。主要是兩邊死者的死亡方式天差地遠，還眞的不能強牽在一起搭上關係。

由於在打聽消息當下已經遭到警告，所以虞因只能乖乖蹲等後續。

看問題人物沒有蠢蠢欲動想要做點什麼，聿和東風互看了一眼，暫時放下心，紛紛回到自己的工作間做事，而虞因則是確認沒有預約訪客後就把前門鎖了，上二樓把昏迷的甜點店老闆拖進休息室，再回到一樓工作間繼續完成樣品圖。

沉浸在工作中時間過得很快，一個上午三人各自有所進展，二樓也開始飄出誘人的香氣。

烘焙室內的聿確認烤爐溫度維持在最佳後，坐到一旁的位子繼續敲打鍵盤。

黑底的螢幕上不斷飛速閃過各式各樣數據，他微微瞇起眼睛，沿著手邊已有的管道往下探尋。

錢家那對夫妻來勢洶洶，明顯有人指引過來找麻煩……他們憂慮女兒幾乎發狂不假，但指出工作室這條路的人，利用他們的焦急引導出惡意也是真。

與周震和黎子泓等人的正規管道不同，他得到了黎子泓那邊給予的資料後，首先先查了那名判斷離魂的「高人」與師姊。

一條條文字游動，聿不經意瞥見昨天黎子泓私下發給他的訊息——不要過度。

檢察官知道他會用自己的方法去查所謂的「高人」，追根究柢，就是這人先射後不理，才會有錢家夫妻到工作室找麻煩的後果。即使很可能與他無關，但他至少也要付出說完就跑、連累他人的責任。

「高人」雖然非常低調地在小範圍中流傳，但師姊可不是，得知錢家夫妻的名字，知道師姊和道場的位置，很輕易就能開啟他們在網路裡的交友圈，接著循線索與檢方那邊的「高人」訊息摸索，不用多久，小程式就挖出了「高人」十多個不同的聯絡方式與個人頁面。

……

這就有意思了。

十多個。

甚至連與「高人」有關的私人修道場、簡稱外界所知的住家，都有七、八個，散落在全台各地，最有趣的是還有個住海外，但明顯海外登記這個是假的，應該只是要唬人海外有高人的信眾在供養他。

檢方那邊取得的資料也不過只有師姊所知的那一個。

停頓的手指遲疑了片刻，開始過濾那些環繞在高人身邊的保護殼。

一層層剝開後，最終的真實住址顯露出來，同時出現的還有「高人」的父母家人，顯然「高人」得到許多豐盈的供養，使他的家人非常有餘裕地在個人專頁中不時秀幾個名牌包或首飾，高人偶爾也會入鏡，但就是另外一種形象了。

烘焙的香氣盤旋室內，換氣設備不斷將過濃的氣味送出屋外。

聿斜過身從小冰箱裡翻出囤在裡面的大碗果凍，抱在懷裡慢慢地挖，同時將「高人」的生平掘地三尺。

高人會不會通靈不知道，但針對每個人的心理設計一場屁話是肯定會的，從一些交談與留言中可以知道高人其實遇過其他類似這樣昏迷不醒的案子，有的乾脆就是植物人了，高達八成都被高人確認是「離魂」。不知道他的想法爲何，但聿大致可以猜測到，這個人的心態很可能就是「都不會醒了肯定就是魂跑了，反正也沒人知道到底有沒有跑」。

然後再說他功力不足以招魂，請家屬們另請高明，醒了就魂回，沒醒就是魂飛，最後統一一句「節哀順變」。

這麼一來，陷害他們工作室的就不是「高人」了。

要推鍋的話他會避重就輕讓家屬自己去找，眞不行會推給眞正的專業人士，不會莫名其妙直指一個不曉得可不可靠的都市傳說。

那，就是錢家夫妻在四處尋找各個高人時，接觸到的某人。

聿把「高人」一些招搖撞騙的行爲與確實收到一些鉅款的交易談話壓縮成檔，轉手寄了一份給黎子泓，充當善心民眾檢舉詐騙。

當然也沒有忘記師姊，師姊四處介紹「客源」給高人，私下還收了高人不少補貼，記錄一樣送了一份出去。

日行一善。

嗯，幫虞因多管閒事完了，希望他今天不要有額外的扣打再去多管別的閒事。

聿在心中畫了一個十字架，眞誠祈禱某人的好管閒事進度條可以快速拉滿。

叩叩。

「進。」

抬起頭，看見東風夾著平板走進室內，對方手上和衣服都還很乾淨，顯然進工作間後並沒有展開雕塑工作。

「查到哪些了？」東風不客氣地在旁邊空位坐下，懶懶地瞥了眼烘焙室主人，以及那一大盆比他腦袋還大的果凍鍋。

聿把剛剛翻出來的高人底細同步一份給友人。

「嘖，神棍。」快速看完神棍生平後，東風沒感到意外。說到底，這傢伙如果眞有點本事，就會和大師他們一樣在那裡抓狂了，而不是直接講兩句話後推卸責任。「這是什麼？」迅速翻閱資料上大師所有生活照，最後停在一張拍攝人師住家內的。

這是張信徒爲他拍攝的側拍照，地點在他某個據點巢穴裡，住家的裝潢擺設偏向密宗，屋內法器一應俱全，看起來相當有那回事，信徒很會找角度，硬是將高人拍攝出了得道者的感覺。

引起注意的是高人身後、屋內桌邊一個很小的裝飾。

聿看著被用紅筆圈起來的照片一小角，放大倍數，看見一條與屋內裝潢相當違和的果凍手鍊。東西很小，盛放在法器盤內，底下壓著燒過的香灰。

作法使用過的東西嗎？

兩人互看了一會兒，沒有結論。

「先這樣吧，看來還是要找那對夫妻核對過他們接觸的人。」雖然不爽，但東風也認爲衝著他們來的傢伙藏在那對夫妻接觸的人當中，大概還要聯繫周震，讓他幫忙注意那些被找過的高人裡有沒有誰異常。

「嗯。」聿點點頭。

來訪者走了之後，烘焙間再度恢復寧靜，只有爐內的麵包與甜點繼續烘烤。

叮——

聿抬起頭，什麼也沒看見，剛剛一瞬間細小的聲音似乎只是幻聽。

先前因為有智障網紅入侵工作室，所以現在陽台外圍都新增了一些警報器，這些小東西沒有被觸動。

看來應該只是幻聽吧。

3

玖深感覺到刑事那邊傳來一陣可怕的低氣壓。

悄悄抓住路過的小伍，得知阿因他們又搞事的情報，於是他慢慢地、慢慢地把某份報告塞給別人之後，連忙開溜，不敢像平常一樣找其他人拉咧。

「可怕。」回到安全區域，玖深吐出口氣。

「三死案嗎。」正在泡茶的阿柳見某人彷彿從戰區逃回，好笑地開口。前一天剛聊過這件事，雖然不在他們區，不過倒是可以聯絡認識的鑑識同學聽些八卦。

「對啊，受害者家屬跑去找阿因他們了。」玖深感覺這個工作室經營的方向越來越歪，他很害怕有一天會成為一個他不能踏足的異世界。應該說他現在去工作室，偶爾會感覺毛毛的，很不想去知道那裡是不是有什麼東西，但就是不時會感覺到那裡好像有什麼東西啊！

——護身符該換了，平安符該多拿兩個了。

上次去拜拜的效果不知道還在不在。

「……這樣眞的不太好。」阿柳知道工作室自從開張到現在，各種風風雨雨，和虞因在校時候不遑多讓，但對小孩們來說眞的不好，偶爾遇到可以幫忙時拉個一下是人之常情，現在變成什麼都想往那邊去，就很不好。

「嗯，之前老大他們有找關係把網路那些都市傳說撤掉，但還是一直長出新的，網友眞的很麻煩。」下架速度永遠比不過東一個、西一個突然冒出來的「聽說」，玖深有時候都覺得這些愛聽說的網友是不是吃飽撐著，沒事都在那邊聽說，動動嘴皮造成別人困擾還很得意。

「這也沒辦法，自由的代價。」阿柳笑了聲。

接過友人順手泡的可可，玖深摸出手機，通訊上跳出一大串文字和檔案，昨天他們向同學打聽的三死案有回應了，裡面正好是同學友人經手的相關物證。

看了幾眼，玖深直接被入口的可可嗆到，杯子差點脫手，被旁邊手快的阿柳連同手機一起接住，轉頭就看見手機的主人逃出好幾步，瑟瑟發抖地看著這裡。

「……」把杯子放好，阿柳才快速看過手機裡傳來的東西。

物證鑑識很正常，不正常的是攝影的當事手機——影片中，被阿進從桌上拿起來的手機，並不是阿進本人所有，根據員警通過青少年們生活照片比對，發現雖然是同款，但其中的細微差異可證明是另一名失蹤者「祥哥」的手機。

也就是說，阿進並沒有發現手機調換了，並且手機在過程中自行開始錄影，將後面發生的慘劇攝入其中，後來手機下落不明，隨後影片外流。負責的鑑識說至今沒找到是誰外流影片，警方還在查找，目前沒有任何進展。

「這有什麼好怕的嗎，又不是你的手機自動錄影。」阿柳無言地看著縮在一邊的友人。

「……我以為他有寄自動錄影的東西給我。」玖深剛剛才看到對方說自動錄影後有一句「其實後面還有」，就腦補後面有更可怕的東西，原來沒有。

「那你也可以看到再逃啊。」沒看到是在跑什麼跑。

「看到就來不及了啊！」玖深發出憤慨。

說的也是有道理。阿柳還是覺得滿無言的，反正都要跑了，幹嘛不看過再跑，而且萬一有其他後續呢？

「但是他們這麼剛好用同款手機嗎？」在門口遠遠眺望同事與自己的手機，玖深想想還是問出在意的點。

「看起來兩名失蹤者愛好雷同，似乎機殼都只是一般透明機殼……但影片裡，兩人當天不是沒有接觸嗎？」阿柳也看過影片，當時阿進確實開口說沒見到另一名失蹤者，那手機又是何時調換的？為什麼阿進本人沒有發現手機不是自己的？一般約好若有人沒到，至少會用手機聯繫彼此。

——阿進說謊了。

這位失蹤者在其他人之前見過祥哥，並且兩人不明原因調換了手機，時間點在所有人到達之前。

「看起來這個探險小隊很有問題。」玖深也想到同樣疑問，稍加推測就能知道阿進身上有謎，後來探險時他情緒不高，往危險的方向思考，已知祥哥血液出現處與所有被害者不同……「該不會他和祥哥起衝突？然後把人給喀嚓了？」

「也是個思考方向。」阿柳重新開啓原先的影片，拉到最前方拍攝到涼亭的部分，周遭並沒有起衝突遺留的痕跡，不過將畫面放大拉開，似乎隱約可以看見較遠處小樹叢有一小塊缺口的模樣，無法確定是被踩倒還是原先就如此。「或者是祥哥的手機因爲不明原因掉在涼亭，被阿進撿到，所以一開始才會倒扣在桌面，他們確實沒有見面。」

但這會出現新的疑問，爲什麼阿進沒有告知其他人，也沒有試圖尋找祥哥。

從經手的鑑識朋友那邊可知，現場除了受害者們的隨身物件，阿進沒有落下其他東西，對於他有沒有攜帶自身手機這點還是未知，畢竟所有人的手機都消失了。不過他的朋友們到來時沒有詢問阿進怎麼沒回訊之類的發言，可以猜測阿進應該身上是有他本身的手機。

玖深抓抓腦袋，感覺一堆問號。

鑑識友人後面有提到，今天相關地區又出現一具屍體，晚點應該會有物證過來，到時再告訴他們。

阿柳把手機還給同僚，然後拿起自己的杯子往外走。「與其擔心這個，不如先擔心你的進度吧，我看你桌上塞的時間表都快和你的墳頭一樣高了。」

「你的工作表才可以堆成你的墳……」

叮——

玖深頓了下，原本正要回敬同僚的話乍止，無意識地轉向細微聲音傳來的方位，那是個小到彷彿是錯覺的聲音，有點像鈴鐺：「你有沒有聽到什麼……？」

「什麼？」阿柳回頭，有點疑惑。

「唔，沒事，可能聽錯了。」

太累了吧？

□

「又有訪客了。」

工作室的訪客鈴再次被按響。

聿按著小吧台，內心在翻白眼，看來獻祭一個高人沒有用。

虞因看著訪客螢幕畫面，是陌生人，目前臨近關店時間，這人顯然不是預約客戶。

現在有兩個選擇，一是打開門，二是裝死沒人在家。但他們的燈開著，沒法裝死，只能在第二次鈴響時回答對方：「抱歉，今天已經休息了，如果您有需求請先預約……」

「不好意思，我聽說這裡可以協助某些麻煩。」

訪客鈴那端傳來乾澀沙啞的聲音，來者似乎很久沒有喝水，非常勉強地從喉嚨擠出話語：「我的女兒……需要幫助……」

虞因感覺眼皮突然跳了兩下，與聿面面相覷。

又一個女兒？

錢家兩夫妻不是都被帶走了嗎？這人也不是錢父，雖然一樣是名中年男子。

「其實先前就有人告訴過我你們這裡……但我覺得不應該……只是現在我也沒有什麼辦

法了……」男子有點無所適從，不安地交握著雙掌。「你們可能覺得很奇怪……是前幾天有個女的……告訴我……你們是好人……在夢裡……」

「……」虞因有點腦殼痛，這段話感覺好像有什麼免費廣告在不明的地方打出去。

「而且我醒來之後……多了這個……」男子掏出了手機，手忙腳亂地打開一段影片，面向訪客監視器。

透過監視畫面其實看不太清楚，但隱隱可以看見影片裡有幾個人，談話聲雖然喧鬧，但傳來關鍵的名字──

「佑承不要拍了，快點過來。」

兩分鐘後，新的訪客坐在工作室大廳。

來者姓洪，是單親父親，育有一兒一女，大兒子目前在外地大學就讀，女兒則是在半年前陷入昏迷，之後再也沒醒過來，直到今日。

「半年前我女兒只是一場小感冒，吃了藥像平常一樣去睡覺，然後第二天……」洪父、洪德傳掐了掐眉心，一臉痛苦，「第二天就沒再醒來……送醫也檢查不出原因……一直到現在……」

洪家是普通家庭，妻子早已過世，大兒子一邊讀大學，一邊打工自理生活，小女兒當時是有些叛逆，功課也不算好，但洪德傳相當寵愛小女兒，盡量讓她沒有衣食煩憂，與時下年輕人相同，生病前沒有什麼奇怪的事，作息十分正常。

「後來四處求神問卜……當時有個人轉介一位高人，高人說棠棠是離魂了，可能是因為病邪身體虛弱，才散了一魂出去。」

聽到這裡，覺得過程相當耳熟的虞因與聿交換了一眼，然後試探性地詢問了男人所在的地區，接著報了個高人的分店用名。

「對，是這裡。」洪德傳點頭。「高人說他的功力不足以招魂，所以要我去其他地方找找……當時他的前台、還是徒弟？說了幾個地方……其中一個是你們這裡，但我兒子說只是網路謠傳，不要打擾人家生活……要找專業的宗教人士……」

洪家去找了其他高人，幾次下來卻沒有一位成功，而且當中也有人說不像是離魂，但無法進一步釐清是什麼問題，只給了一些保命的物件，讓他擺在女兒床頭。也因此洪家散去不少存款，現在手裡的錢岌岌可危，除了房租，還要負擔女兒的醫療費用與看護，現在父子只能各自身兼數職，半年下來，活得非常疲憊。

「說來也是奇怪……前幾天晚上，我沒有跑外送在家裡休息時……作了一個夢，有個女人告訴我……要來，等我醒來，就看見手機多了奇怪的郵件，裡面就是這段影片。」洪德傳把手機交給聿，看著後者將影片傳進電腦。

聿順手搜索寄出影片的電子信箱，這次速度非常快，竟然跳出「阿進」的個人頁面，顯然是他的慣用信箱，直接打在網頁上，所以一搜立刻找到。

影片中，依舊是那些少年少女，就連失蹤的「祥哥」都在裡面，好像是一群人在某一日出遊的畫面，幾個人玩得很開心的模樣，青春洋溢，散發光彩。

暫停片段，聿將手機還給男人，示意他繼續。

「你認識這些人嗎？或是你兒子和女兒認識？」虞因把先前已經截出的青少年們的相片遞給洪德傳，後者仔細辨識了一會兒後搖頭。

「這些就是影片上的人，我不認識……我兒子也不認識，棠棠那邊不知道，但我沒在她身邊看過他們。」收到影片當下，洪德傳已經找兒子確認過，很確定這些青少年男女不是他們周遭的朋友，所以他更奇怪這段影片的來源。「我覺得那聲音……好像是想要我帶這些來找你們。」

啊這個……

虞因有點頭大，先前得到各種警告，連印堂發黑都出來了，現在這個又該怎麼辦？

老實說，他對眼前的洪父沒意見，對方非常禮貌，過於禮貌和謹慎了，以至於他看得出對方很誠實，眞的走投無路才找上這裡。如果沒有前面周大師等人的警告，基於私心，他其實是想要幫忙。

「你記得夢裡女人的長相嗎？」

幾個人回頭，看見東風推開走廊隔間的門走進大廳。

「沒有。」洪德傳思考了一會兒，還是搖頭，「她在黑暗裡……看不出來，只聽到聲音。」

「我們……」虞因猶豫地看向聿。

「你很急嗎？」東風打斷虞因的話，邊按著手機，邊說道：「不急的話等個人。」

「沒、沒關係……我有開車。」洪德傳連忙回答，雖然得到應允，但他並沒有很強烈的喜意。應該說，其實他並沒有把所有希望放在這裡，畢竟兒子說過，這只是個人云亦云的都市傳說，但他還是很感激這些年輕人願意出手相助，不論有沒有效果。

「東風？」虞因看不懂東風的意思了。

「林致淵等等過來，我們兩個走一趟，你們兩個先看看影片哪裡有問題。」東風順勢把狀況告知周大師。當時周大師指的是虞因印堂發黑，並非他們，所以他想盡量減少虞因跑出去的機率，如果洪家貞有問題，他們先探探狀況也不是不行。

「先這樣。」聿按住虞因的肩膀。

不然他可能要考慮獻祭第二個東西了。

□

林致淵很快抵達，他在收到訊息後，立即放下手邊的事務從宿舍趕過來接人。

晚間七點半。

「不知道他們那邊狀況如何。」

虞因看著沒反應的群組，有點擔心。雖然如此，還是先把門窗關好，怕等等又來一個女兒昏迷不醒之類的。

甜點店老闆仍在二樓沉眠，倒是不用管他，這人肚子餓會自己找東西吃，睡飽就會離開，走之前還好好鎖門，有時候在冰箱裡會意外發現老闆特製的各種甜點，某方面來講，莫名其妙有點像多了一個借宿的房客。

老闆還真的提過要給他們租金，不過被駁回，反正工作室二樓本來就不迎客，多個人睡覺也沒什麼影響。

早一步整理好的聿先去開車了，虞因再次檢查一樓確定都有鎖好，就提著背包在大門邊等車，左手則是持著手機，重新播放洪德傳帶來的那段影片。

相較於之前的兩段，這段影片顯然是很日常的出遊。

影片裡，所有人都在，看起來非常快樂，小情侶依舊挽在一起，玩直播的小孩仍舉著自拍棒對手機不斷說話。

失蹤者祥哥也在裡面，但祥哥比起其他人，稍微有點格格不入——年齡較大，影片裡的很明顯是成年人，很可能是大二或大三左右的年紀，與一眾看起來高中生模樣的青少年略有差異。

「佑承不要拍了，快點過來。」

青少年們喊著落在後方的同伴。

「祥哥你在看什麼？」拿著手機拍攝所有人出遊的小三問道：「要告訴我們下一個探祕的地點了嗎？」

祥哥笑了聲，半靠著一旁的摩托車，手指揉動手上的菸支：「不是才剛結束兩天嗎。」

「啊啊，上一輪獎勵太少了吧，設『寶藏』的人有夠小氣，那點錢不夠花啊。」小三發出抱怨，「對吧阿進，還是之前祥哥那個遊戲給的獎勵比較多，果然祥哥加入會員的那個管道比較好，雖然都是去奇怪的地方，可惜暫時人滿了我們進不去。」

「那些地方很好玩啊。」唐佑承從直播手機回過頭，嘻嘻哈哈地笑說：「大家都在問我們下一次挑戰什麼遊戲哎，祥哥要不要挑一個可怕的，上個月那個夜探公墓我就覺得很不錯，獎金也很高。」

「有看到厲害的就告訴你們。」祥哥將沒點燃的菸叼在嘴上，不以爲然地回應。

「還嫌啊。」比較遠的阿進挑眉看過來。「有得玩就不錯了，挑三揀四。」

「可以選的話當然就想選好點的咩～」小二有點缺神經，還是很開心地說道。

影片至此而止。

雖然已經在屋裡看過兩次，也得出祥哥會和這群小朋友混在一起，很可能就是因爲他有「管道」，這樣的結論。

但他還是覺得有個很詭異的違和感。

關掉手機螢幕，虞因抬起頭。

現在最違和的其實還是前面這個吧。他們中午來的時候車並沒有停很遠，聿用爬的也可以爬到把車開過來了，不至於這麼久面前還一片空蕩。

……也不能說空蕩啦。

門外街道前站著一抹身形龐大的黑影，大得不太正常，好像如其他人說的一樣，套了布偶裝。

那玩意就站在陰影處靜靜地看著他。

「你是……？」

虞因往右斜下方看，大黑影的左手尖滴落濃稠的液體，在腳邊圈成一大灘，透出陣陣污濁的腥血氣味。

這是尾隨洪父來的，還是錢家夫妻？

大黑影動了動，頭部跟著奇異地左右輕微搖擺。

「祢在哪裡？」虞因下意識往後退了步，杵在那裡的存在向前頓了一步。「祢……」既然會用這種方式出現，那麼不論下殺手時是人是鬼，可以確定的是，現在絕對已經不是人了。

黑影內部傳來一陣猛烈的喘息聲，像是有人非常痛苦地被束縛在裡面，幾乎透不過氣。

「祢在哪裡？」

虞因抬手按住領口，開始共感到對方那種快要無法呼吸的隱約灼熱感。

痛苦、窒息、灼熱、無法理解的興奮……

「……祢知道自己在哪裡嗎？」

搗著脖子，虞因很勉強地再次重複問題：「祢……跟著來……爲什麼……」

眼前猛地一黑，他用力吸了口氣，整個人彎下身。

差點歪倒的同時突然被一股力量狠狠拽起身，扶到一旁座位裡，然後撲面的是水氣與清涼。

「咳咳……」

好不容易吸進幾口新鮮空氣後，虞因眼前的黑色才緩緩撥開，一片詭異的炫光裡露出聿的臉，有點焦急，他被塞進汽車後座，換過氣的車內正在釋出冰涼的冷氣，寒風吹過他臉上的水珠。

「是什麼？」聿放下手邊的淨水，將人按在座椅上來回檢查。

「咳……凶手、凶手……死了……」閉了閉眼睛，虞因確認疼痛退去後沙啞地開口：

「那個凶手死了……」

聿皺起眉，把墊在對方腦後的手移開，看見手掌上一片黑紅色的血水。

「我沒有受傷。」虞因抬手制止聿拽他腦袋準備翻看的動作，「不是我的，那不是我的，是映射的……我靠，這可以洗掉吧？」看著那些黑血，他下意識拉過衣領，果然上頭也沾了一大片，突然開始焦慮。

這件衣服很貴啊靠！

聿無言地看著心痛衣服的傢伙，甩甩手，退出去洗手消毒。

按著腦袋休息了一會兒，虞因悲痛地脫下襯衫，去小庭院抽出水管把腦袋沖一沖，沒想到快速洗完回頭，發現襯衫又變乾淨了，剛剛那些黑血彷彿不曾存在。

「……」

是不會早一點消失嗎？

回到車上，虞因在副駕駛座躺了一會兒，然後才開始把那些感覺記錄下來，包括窒息感、腦袋痛與灼熱，還有最後那股詭異又莫名的興奮感，有瞬間好像可以感受到血液被什麼點燃，原本渾渾噩噩的精神突然一振……這有點像……？

「用藥了？」聿邊聽著形容，按著方向盤開口。

「可能是嗑藥了。」虞因皺起眉，如果是嗑藥，大概可以理解為什麼受傷還能連殺好幾個人，恐怕凶手那時其實沒有什麼痛感。

凶手是人，受傷同時還嗑藥，藥物來歷不明，興奮作用非常大，隨後展開一連串殘忍殺戮。

之後因為某種原因，凶手也跟著GG了，現在才會出現在他面前。

所以說，後來屍體呢？

□

「就是這裡了。」

洪德傳指著前方的小公寓。

最後並沒有搭便車而是選擇自己騎車，林致淵讓東風先下車，很快在附近找了停車格把摩托車推進去。

洪家住的小公寓有些老舊，不過周遭老鄰居素質算高，環境相當清潔，社區植栽有定時整理，整體看起來難得地幽靜舒適。

「我兒子現在在北部的大學……假日會回來。」洪德傳一邊開門一邊小聲地說：「家裡有看護……」

「病沒好就不用一直說話。」東風張了張嘴，壓下本來想吐出的難聽話，扭曲地改成：「變嚴重怎麼辦。」

林致淵咳了聲，有點想笑。

「抱、抱歉……這個感冒一直沒好。」男人愣了兩秒，帶著歉意連忙回答。

公寓住宅三房兩廳，原先的飯廳位置簡易做了隔間，收拾過後擺了床，提供看護臨時休息，看得出用餐的位置改到客廳，一些不太使用的桌椅與鍋碗瓢盆等小家具堆疊在陽台。

看護是名三十多歲的外勞，看見有客人，很友善地幫忙端茶水，因爲提前知道雇主要去請人過來，說著不太熟練的中文代爲解釋了下女孩——洪悅棠的狀況。

就如洪父所說，高中少女某天在學校感染了流感，之後服藥入睡，就這樣一睡不醒，毫無徵狀陷入長眠，至今檢查不出來原因。隨著時間，原本豐腴的女孩一日日消瘦下去，即使看護精心照料，女孩也僅剩一把皮包骨，似乎隨時會斷氣。

「……雖然我不是很懂，但才短短半年會變成這樣嗎？」林致淵趁洪父出去交代看護一些事宜時，小聲地詢問東風。

躺在床上的洪悅棠瘦得骨骼全然突出，幾乎就是一具貼著紙皮的骨架模樣，活像全身血肉被吸食乾淨，在昏暗的房內相當怵目驚心。

如果不是因爲她的身體還微微有起伏，說是具乾屍都有人相信。

然而他們剛剛進來時，看到不少照料臥床病患的物品，包含了各式營養品、奶粉等物，少女身上、床鋪非常乾淨，甚至看得出每日都有幫她活動的痕跡，不得不說洪家大小與看護眞的很精心在照顧患者。

照理來說，半年應該不至於如此。

東風拿起床邊的全家福，少女與父親、哥哥笑容燦爛，拍攝時，女孩的體態非常正常，雖然看似有肉了些，但在青少年健康體型的範圍內。

「……？」

「怎了？」林致淵不方便在女孩子房間四處亂看，一回神才發現東風一直盯著那張全家福。

沒回答同伴的疑問，東風側身出去，對正好走過來的洪父抬抬手上的全家福。「她的手鍊呢？」

全家福上的少女左手腕戴著一條果凍色的串珠手鍊，櫻花色系的款式很貼合這年紀少女的愛好。

「在這裡。」洪德傳走進房間，揭開女孩薄被一角，露出乾枯的左手腕，原本貼合的手鍊鬆垮垮地掛在腕部，相當空蕩。「她很喜歡這條手鍊，我就沒拿起來。」

雖然不明白對方詢問手鍊的用意，不過洪德傳想了想，還是說道：「這是她哥哥買給她的，當時好像在店裡還與人有點衝突……應該沒有關係吧？我聽說只是剛好和另個小女生選到同一條，兩人拌了幾句而已。」

「小女生？」不知爲何，東風總覺得這個關鍵字不太妙。

「我問問她哥哥……」

洪德傳連忙撥兒子的電話。

林致淵這段期間暫時先出了少女的臥房，可能是之前請過其他高人，看護對於他們的來訪似乎表現得很習慣，並沒有阻止訪客四處張望的行爲，甚至還好意地問有沒有需要幫忙的地方，或者要不要告訴他之前的大師說哪邊風水要注意云云。

不是職業大師，當然不會看風水的林致淵連忙拒絕對方。

他只是聽到一個很細小的水流聲。

聲音來自於某間臥室的方向。

洪德傳的兒子還沒回電，可能是正在打工。

「可以進去看看嗎？」林致淵指指黑暗的臥房。

「啊，可以。」洪德傳連忙幫忙打開臥房燈。

這是三房中的主臥，裡頭非常整潔，整潔過頭了，除了床鋪與衣櫃，一些物品都裝箱打包，看起來住在這裡的人好像隨時要搬出去似地。

「這是我與妻子原本住的主臥……妻子病故後我沒什麼用到，平常也就是工作回來睡覺……想說女孩子需要的空間比較大，她也一直很想住她媽媽以前的房間，原本整理好要和棠棠互換房間，沒想到發生這種事。」洪德傳環顧室內，感嘆地說：「我想棠棠應該會醒……所以東西沒拆，一直等她醒……等她換房間。」

林致淵略微看了看，發現聲音是來自於主臥側邊的門內、主臥浴室。

取得屋主的同意，他走過去打開浴室門。

一團黑影窩在馬桶前，洗手台的水龍頭緩緩淌出流線般的水柱。

嘔……

黑影發出虛弱的聲音。

那瞬間，林致淵還沒意識是什麼，下秒浴室燈一亮，黑影倏然消失。洪德傳走進浴室擰緊水龍頭。

「水龍頭修了好幾次都這樣。」轉掉細水柱，洪德傳很習慣地擦擦手，走出浴室。

「呃……」林致淵有點不太確定剛剛是不是眼花，試探地詢問：「修好幾次都這樣？」

「嗯，大概是因爲公寓老舊，水管有問題……關好就好了。」洪德傳聳聳肩，接過看護遞來的喉糖。

「您眞的要去看看喉嚨。」林致淵來半天好像沒聽到對方咳嗽，但是講話聽起來很像聲帶受損，不太像小感冒之類的病。

洪德傳點點頭，也不知道有沒有放在心上。

過了五分鐘，大兒子回撥電話，方才他正在打工，現在趁空檔時間回覆父親傳給他的問題。

「手鍊？是棠棠學校附近買的，小女生之間流行什麼心願手鍊，有點貴，但她說想要當作生日禮物，我看價錢還可以接受，就買給她。」

洪家的大兒子很疼妹妹，雖然打工存錢不易，不過一條手鍊的錢還是花得起。

小女孩們的這種許願裝飾一直沒有退過流行，很可能今年是許願手鍊，明年就是心願項鍊。

妹妹找的這家店在她們學生間很流行，有很便宜的糖果塑膠石、人造石，也有對學生而言比較高價的天然水晶，甚至連成人都覺得奢侈的純金也有，大兒子買作生日禮物的手鍊就是粉紅水晶石，他是不知道全名叫什麼，只記得是水晶。

現場訂購時挺麻煩的，還裝模作樣送了一次塔羅算命，妹妹似乎拿來問學業，得到學業會進步的回答。

「後來在打包時，突然不知道哪來一群屁孩，裡面一個女的硬說我妹那條是她訂製的，吵了好幾句，後來店員才說她訂製的裝盒在另外一邊，拆了拿給她看，那群死屁孩連個道歉都沒有，還硬扯是我妹的做太像……那種小女生喜歡的東西不是都差不多那樣子嗎。」

大兒子仔細地回想了當天發生的細節，但也就差不多是這些。

「你記得那些人的模樣嗎？」東風盤算了下地緣關係，發現搞不好那堆青少年還真可能出現在那地方。

「大致記得。」雖然時間有點久，不過大兒子認真回憶還是可以記得個五、六分。

東風把冒險小隊的截圖發給對方。

辨認了一會兒，大兒子才回應：「不是這些人，我記得他們當中有些人穿制服，是附近高中。」說著，他報了學校名，然後再次形容了那批青少年的模樣。

聽起來確實不是冒險小隊那群人。

東風按照對方形容的特徵快速勾勒幾個輪廓，拍照回傳。

「……媽耶，你也太神。」大兒子被這些輪廓勾起更深回憶，又描述幾個特徵。

立即地，人物輪廓又被加了幾筆，隱約可以看出模樣。

「但是這和我妹妹的事情有什麼關係嗎？」大兒子雖然震驚於高手在民間，但也不解爲什麼對方要追問那些人。

「暫時不確定，不過有異狀的話可以追查看看，說不定能有突破。」東風又向對方確認了店家位置，之後因爲大兒子還要上班，交換了聯絡方式後就掛斷電話。

從洪家離開已是夜晚。

林致淵搜尋民宿旅館，尋到學校附近有比較便宜的空房可以住。「那邊有附設洗衣機和烘乾機，我們等等先去買一些洗漱用品……學長？」

「嗯，你訂。」東風凝視著手機，聿留言說了今晚工作室那邊發生的異狀，同時還有凶手已死的事。他重新拿起隨身攜帶的繪圖本，裡面是大兒子提供的那些學生繪圖，翻拍了一份後連同學校名稱傳給聿。

不知道為什麼，他對果凍手鍊有些在意。

可能是因為在「高人」的照片一角看過類似物件，過於格格不入，反倒印象深刻。

而且如果他的記憶沒錯，兩條手鍊很可能出自於同個地方……串珠的大小與隔珠模樣、位置，幾乎相同。

小女生的手鍊上還有一個貓頭鷹的小銀飾，「高人」那邊的手鍊則是被遮了一部分，無法確認有沒有同樣的銀飾。

「希望不是我多心……」

兩人簡單地在旅館附近吃了晚餐，大略買了過夜用品回到旅館，聿那邊也傳來回訊。

因為有大致的長相與地區、學校，所以聿很快搜到疑似這批青少年的身分，這些人是該高中的三年級學生，平素都混在一起玩耍。

很巧的是，三個月前，當中的一名女學生在一行人夜間探險時不小心滑落山坡，同行人報案求助，女學生被救起後是輕傷。

——之後昏迷不醒。

「也太多人昏迷不醒。」

虞因得知又一隊人馬裡出現昏迷不醒的症狀，感覺有點荒謬又過度離奇巧合，綜觀下來已經三人有相同狀況，而且都是年齡相近的小女生，其中甚至有兩人是去了類似探險遊戲發生問題。

「該不會洪家的也是……」

有了這個疑慮，他發訊息詢問了洪父，對方很快回應，斬釘截鐵地說女兒絕對沒有參與過類似的遊戲，雖然她成績不算好，但出去夜遊玩耍什麼的基本不可能。

洪悅棠知道自家的家境，經濟壓力都在父親身上，哥哥上大學必須自行打工應付開銷，所以不會在生活或瑣事上找麻煩，扣除成績比較不好以外，是相當懂事的少女。

聿把結果傳給虞家的兩位大人，標註可以用類似條件找找是不是還有相似案例。

接著，他們收到另件回覆，虞佟找人幫忙查了洪德傳的身分背景，大致上與他自己所講的相差無異，簡單的訊息裡也包括了洪母的死因——癌症。當初發現時已經是末期了，洪母不願意花錢住院或去安寧病房，所以很長一段時間在家裡度過，定時去醫院做相應治療，同樣是洪父照料，一直到最後眞的撐不下去了才住院，不過也就短暫幾天的日子，人很快就走了。

洪母的症狀沒有長時間昏迷不醒，所以如果想要用不正常的存在推論，基本上可以排除與母親有關。

「果然還是要先找出她們昏迷不醒的原因啊。」虞因感到頭很痛，如果說想要找點線索，最近一個就是錢家那個，他實在很不想插手那家人的事，然而似乎又與洪家隱約有某種千絲萬縷的干係。

同樣是有「高人」藏在身後，同樣是被推鍋來找他們，同樣的昏迷不醒。

「啊好煩。」抱著腦袋，虞因只能把事情告訴周大師，眞的要走一趟的話，那就大家一起好了，反正那地方看起來不收門票，有事就把大師推出去。

周震劈頭秒回傳一堆罵，不過倒是沒有拒絕老宅之行。

應該說，其實在訊息傳過去前，周震已經抽空去過出事的老宅了，但並沒有發現什麼……就一堆青少年橫死的現場來說，過於乾淨。

虞因看著回覆，心想太乾淨可能是因爲不乾淨的那東西跟著別人跑去蹲工作室門口了。

大師不肯把時間約在傍晚後，最後經過討論，相約在白天。

把這件事告知完其他人，虞因兩人暫去吃飯洗漱。

隔天約莫十點左右，周震與虞因兩人在趙家舊宅附近咖啡廳集合。

而這天早上一家人早餐時，他們同時得知了的確還有其他昏迷不醒的個案，有些是外出遇事昏迷，有些是突發病徵，當中有個與洪悅棠一樣感冒後就昏迷不醒，陸續算起來，加上他們所知的三人，短短一年內，周邊幾個地區竟然多達八件。

「什麼屁事都冒出來了！」對此，周震只有這個感想。

「都是差不多年紀的女孩子，範圍在十五到二十四歲之間。」虞因早上聽自家父親們告知時也覺得很扯。這些個案原因都不太一樣，所以沒有人想到會有關聯，事實上，他們到現在也仍搞不懂有什麼關聯，只是擺在一起時，又巧合得過於駭人。

難道這八個人和凶殺案都有什麼絲絲縷縷的關係嗎？

「總之先進去看看。」

凶殺案發生後，老宅莊園一度被封鎖，然而事過境遷，警方的封鎖條早已成爲飄在地面的垃圾，倒是老宅目前的持有者們意思性地在幾個入口處圍了一圈鐵皮，上面噴有警示標語，表示此爲私人土地，年久失修相當危險，禁止隨意進入。

然而並沒有用，側門幾處的鐵皮已經被破壞了，死亡案件增添的恐怖色彩只會更吸引某些領域的好事者前來探險。

「這邊。」先來探過的周震向兩個小孩招招手，找到一條開得比較接近凶案的路，然後在進去前，一人先拍了一個護身符，尤其是虞因，他不得不朝對方身上先噴一輪淨水。「有事就逃，沒事不要隨便湊上去，你他喵臉又開始黑了。」

虞因不知道該先感嘆大師用語有時候很神奇、與他嚴肅的臉很有反差，還是要感嘆這個臉黑的預警，但依舊乖乖地把護身符在口袋放好。

今早出門時，大爸也警告他要帶，所以他現在身上有護身符×3，好像買了很多保險的感覺。

趙家老宅舊院。

從到手的資料來看，這是早期趙氏一族的宅邸庭院，當年趙家有先祖做貿易經營，後來賺大錢蓋了一座相當大的庭園，然而在商場上得罪了不少人，被對手走邪門歪道破風水，將原本庭園盤據的繁榮致富活穴，暗暗轉爲家破人亡死穴。也不知道是眞的轉風水有效或者只是剛好，兩代後趙家逐漸衰敗，直系子孫陸續各種意外慘死，隨後又出了幾個敗家子，直到現在庭園無人想牽頭集資管理，產權多人共同持有沒法轉賣，就這樣一直維持至今。

「趙家風水說是眞的還是假的？」虞因巴死飛過來的小黑蚊，有點好奇地詢問大師。

「……你看我哪裡像風水師？」周震面無表情地回答。「不過是眞的，聽幾位師父們談過。但現在到處在開發，連山都挖了，不管是活穴還是死穴早都破了。」當年趙家花大錢找的風水師是眞材實料，不然按趙家全盛的勢力，風水師早被種了；然而對手花大錢找的也是眞材實料，沒毀同樣會被對手種掉。後代的話，其實看的就是人本身吧，子孫不上進，個個想吃喝玩樂躺著享福，擺什麼風什麼水都沒用。

「嘖嘖。」虞因不是宗教圈內人，但偶爾聽聽這種瓜還是滿有趣的。

實際在庭園裡才發現，這裡比影片呈現的還要廣大，可能是拍攝時是夜晚，所以距離感不那麼明顯，白天來找個高處站上去，一眼望過去都是屋瓦庭院迴廊和各種大大小小園子等建築，頗爲壯觀。

虞因皺起眉，隱隱在迴廊底下看見遊蕩的黑影，那些影子立在沒有光照的地方，雖然看不見面目，但依稀有種被「祂們」直勾勾盯著看的感覺，周遭氣溫也隨之瞬時下降。

「別亂看。」周震拽住屁孩的領子，把人拖走。

聿跟在兩人身後，邊走邊比對路線。大師帶他們走去的方向是影片開始的小涼亭，看樣子是要按照當日的路徑走一次。

庭園沒人管理，這麼長一段時間下來竟然還保留著當時涼亭附近台階殘留的血液污漬，涼亭桌面上留下的蠟燭與八卦鏡還在，向上的石階梯看過去全是怵目驚心的斑駁污痕，四處散落些許符紙香枝。死亡案發生後，青少年們的家屬來做過幾場法事，後續某些網紅也在這裡不要命地搞招魂直播，好幾階上面留有用剩的紅白蠟燭頭，滿地橫流的蠟液如同另一種詭異的案發現場，造成整條階梯看上去相當不祥。

虞因循著殘剩的黑色血跡向上看，很遠的盡頭陰影處蜷縮著一抹黑色身影，整團縮得很小，看起來不太起眼。

「……」

不是說好沒東西嗎？

轉向旁邊的周大師，虞因無言。

「……？有東西？」周大師從對方一言難盡的表情快速猜測。

「沒看見？」虞因發出靈魂的詢問。

「……」聿抓住虞因的手臂，避免這傢伙衝上去。

好像知道自己被討論了，上端的黑影動了動，卻沒有移位，一股難聞的腐臭味道順著風飄下來。

「好，有東西。」周震嗅到腐敗的氣味，有點狐疑地向上看，還眞的沒看見什麼，他現在深深懷疑隔壁的小孩是不是波長與那玩意很合，沒想到自己竟然還有被遮眼糊弄的一天。

等等？

虞因突然覺得好像哪裡不太對。

三死案的話，被發現時都是剛死不久，立刻就拖去冷凍櫃了，爲什麼會出現這種好像腐爛很久的味道？

周震顯然也想到一樣的問題，他取出一塊白色方巾往眼上擦了擦，皺眉重新往飄味的方向看去，視線內果然出現隱約淡影。「馬的該不會是其他東西吧？」老宅存在已久，搞不好蹲在那裡的不是凶殺案事主。

「……不，我有種應該是的感覺。」虞因說不出來那種怪異的念頭，很直覺對方就是他們要找的「事主」之一，可是一團的黑影看起來眞的有點小，整個不太對勁。

就在雙方遙望之際，虞因嘶了聲，口袋一熱讓他馬上拽出裡面的東西，接著看見早上虞佟要他帶的護身符外袋完全裂開，裡面的黃色符紙急速染黑捲曲，倏地抬起頭，看見另一道大黑影就在不遠處，發紅的眼睛死死對著這邊。

周大師低聲罵了句不知什麼東西，直接轉頭看向冒出來的大黑影，取出淨水噴在掌心手指，在空中畫了幾筆，嚴厲地說道：「生死有隔，速退。」

大黑影發出喘息聲，退開了一段距離，但沒有消失，依舊惡狠狠地瞪著一行人。

在凶戾的大黑影之後，緩緩浮出好幾道更淡的人影，七、八條黑色影子矗立在不同樹下，或灰或紅的目光鑲在黑暗裡，無溫冰冷地注視著闖入此界的活人們。

如果要說是三死案的死者，眼下數量已經嚴重超標。

「原本就在這裡的。」周震沒想到被「原住民」給包了，擋著兩個小孩，摘下手腕上的檀木佛珠，有點心痛地解開，把珠子散在四周，珠子一觸地，好幾顆當場碎成粉末；很快地散去大半影子，但最大的那道黑影仍然存在，在不遠處的大樹下繼續散出敵意。

「等等，有點奇怪。」虞因按著又開始有絲灼痛的喉嚨，不太能理解大黑影的敵意。前一天對方來找他時，並沒有感受到這麼強烈的怨懟與不滿，更像是跟著人來提示他點什麼，應該不可能過一天態度就大翻轉。「我們進來時應該沒做什麼吧？」

上台階時幾人很注意，沒踩到血痕，甚至那些作法殘留物都避開了，所以是哪裡觸到別人的霉頭？

什麼都看不見的聿抓著虞因的手臂，只感覺到周邊溫度變得低許多，從另外兩人的言行，他多少推測到目前狀況不太對勁，想了想，低聲在虞因耳邊開口。

「咦？是這樣嗎？」虞因乍聽之下有點訝異，不過仔細想想應該是這樣沒錯，於是他用另外一隻手推推大師的肩膀，朝大黑影的方向開口：「我們沒有要幫誰，是祢找我來的，我只想知道這裡發生什麼事，我們不是祢的朋友，但也不是『那邊』的朋友，我誰都不會幫。」

話剛說完，大黑影的敵意瞬間少去大半。

「……」周震死目，沒想到這鬼東西居然以為他們想接觸上面那團是想幫對方。

也對啦！這裡的凶殺案很明顯是因為一方對死者們擁有極度恨意造成的，當然不會想看見對方得到幫助，是他也會不爽。

靠啊這樣還浪費他的佛珠！

那串一直有在拜佛供養的說！

不爽早說嘛！

周震覺得現在變成自己不爽了。

□

「我可以試試嗎？」

上面有一團黑影，附近又有一條大黑影，情況就這麼僵持下來。

虞因左看右看，雙方好像都沒想找大師敘冤的意思，這樣下去他們很可能要糾結到晚上，只好硬著頭皮提出意見。

才剛說完，手臂一緊，聿露出極爲反對的眼神。

「等等。」周震深吸了口氣，雖然不爽，但基於僅剩不多的職業涵養，他還是蹲到地上，點燃了香枝準備問事。

然而香才剛點，直接攔腰折斷，充滿濃濃的拒意。

「……」你他媽……

就很想罵髒話。

大師開始出現暴躁讀條。

「可能是剛剛用佛珠噴祂們吧。」虞因見狀，解釋給聿聽。

「不，禁止點檯。」周震面無表情地重新抽出香，點上，隨即又從中斷開連結，而且斷香還被突如其來的陰風吹飛超級遠。

「……」

「……」

「別查案了，直接……」大師比了一個劃脖子的手勢。

「不不不先不要。」虞因連忙阻止快要發飆的大師，他是沒有看過傳說中的魂飛魄散，但他覺得大師很可能幹得出來。「讓我試試吧，祂要我來這裡不是要我們白跑的。」

「我怕你試試就逝世。」周震仔細觀察了對方黑黑灰灰的印堂，覺得不太ＯＫ。

「相信一下人間溫情？」虞因說道。

周震露出一個看智障的表情，然後無聲地開口，嘴形是：「你和一個三殺凶手講人間溫情？」

「……」好像也有道理。虞因咳了聲：「你們都在，小心點應該……？」

「等等，再看看。」

在兩鬼對大師充滿拒絕的當下，周大師又試了幾次請事對談，最後在徹底暴怒之前，勉勉強強同意讓電波比較符合的虞因試探，不然他們真的會被留到半夜，到時更危險。

看著上下方都被暗影堵住的出入口，周震默默在心裡想著，以後他如果再接這地方相關的委託，他就是豬。

什麼破風水庭園，吃屎吧。

虞因看著大師在周邊清出一小片乾淨的空間。

「就在這裡。」周震撿回還沒碎開的佛珠，一顆顆按位置擺好，重新點燃香枝，讓虞因站在指定的點位。「說事就好，不能跟著走。」

「好。」虞因點點頭，看著大師帶著聿小心翼翼地退開，大黑影仍站在原位，倒是上方那團黑影慢慢伸出手腳，像蜘蛛一樣沿著台階攀爬下來。

直到黑影來到面前，他才赫然發現為何黑影會那麼小——祂沒有頭，蜷在一起的只有身體與手腳，原本存在頭部的地方一片空，斷裂部位不斷傳來腐臭，濃稠的血液從斷頸處滴落，不時好像還有什麼在裡頭蠕動，顯得極為可悲。

不曉得是不是大師的佛珠奏效，原本應該濃烈的惡臭變得很淡，雖然可以嗅到，但不至於產生生理反應。無頭黑影在兩步遠的位置停下，不再欺近，只從地上伸出烏黑的手掌，顫抖著盡量上抬。

大黑影並沒有阻止他們接觸的意思，反而有種看戲的意味。

虞因深深吸了口氣，將自己的手掌貼過去。

感受到極度冰冷僵硬皮肉的同時，一陣淒厲慘叫直接貫穿他的耳膜。

「不要過來！」

黑暗中，「他」遠遠看見了小陸被巨大黑影持刀不斷刺入胸口的畫面。

逃開一段距離的茉茉尖叫著，小陸一開始也叫得很慘，但很快就叫不出聲，生命隨著血液急速消逝，就像斷電的殘破人偶被甩到一旁。

他不小心被階梯絆了一跤，肩膀與左腳踝都傳來藉口般的強烈痛楚。

要逃走！

跑！

只能跑！

其他人已經沒救了！

茉茉距離很近，也沒救了！

他還有機會離開！

要離開這裡，要報警！

他一定要活下來！

但是，爲什麼這麼遠？

爲什麼這裡的路這麼長？

進來時，這些樹叢有這麼多嗎？

爲什麼還看不到門口？

黑暗在眼前無限擴展，濃墨似的黑夜將所有東西染成一樣的顏色。

他像無頭蒼蠅，找不到逃生的出口。

一直跑。

一直一直跑。

最後疼痛在後腦炸開。

他好像暈過去，又好像一直醒著。

感覺到身體被扛動。

渾渾噩噩之際，有個冰涼刺骨的東西抵住後頸。

「啊啊啊啊啊啊——！」

「阿因！」

血色噴濺在眼前。

虞因被一股巨大力量往後拖開，無法形容的極度恐怖與絕望及劇痛，依然存在於意識。

活生生被鋸開頸項的恐怖仍沒散去。

「——不！」

「阿因！」

聿被掙扎的雙手甩到臉，來不及感覺刺痛，先把人按好讓周震過來噴淨水。被制住的人顯然很痛苦，緊緊閉著眼睛，仰起的脖子上出現一條極粗的血紅色痕跡，形狀不規則，像是粗糙的切割痕。

周震幾乎把整罐淨水都倒上去，約莫過了四、五分鐘，滿身是汗的青年才慢慢穩定下

來，只見睜開的眼睛裡依舊殘存巨人的驚悸，不問都可以猜出來青年感應到了不是一般人可以接受的畫面。

轉頭看見那抹無頭黑影緩慢收回手，還沒有退開的意思。周震警告性地對黑影指了指，不管對方有意無意，都差點傷害到無辜者。

虞因一時半刻說不出話，雖然以前遇到很多次瀕死的同步，但這次除了痛和驚嚇以外，他還感到一股極深的怨恨與恐懼，感觸到過於真實的刀切開他的氣管，他差點就和受害者一起終止呼吸。

現在整個喉嚨還是痛的，沒辦法出聲。

梁進被人活生生割斷頭顱而亡。

而且應該是在當天就已經死了，屍體至今沒被找到，所以才會出現腐敗的映射幻象。既然無頭黑影在這裡，那屍體很可能並沒有離開庭園範圍。

虞因閉了閉眼，約莫又休息了幾分鐘後，呼吸才終於順緩正常，至少不再有劇烈的痛感，然後他看向一臉急迫的聿，本來好看的帥臉被呼了一記黑青出來，莫名有點喜感。

「抱歉……」虞因試圖爬起，同時發現有點脫力，講話聲音還啞啞的，就是一個很衰小的後遺症。

「先退。」周震看見入口處的黑影已經散開，讓聿扶著人退出台階與涼亭範圍，回到停在外面的車上。他不認爲可以繼續共感第二個，主要是很傷身體，再來就是這些鬼東西沒個輕重，直接傾倒滿腔怨恨，他不樂意再讓小孩陪祂們溝通。

人是他帶出來的，他當然優先照顧自己人。

一路退回車上，那些黑影沒再跟出來，全都止步於庭園邊緣，遠遠地看著離開的生人們。

周震看了眼時間，下午三點。

虞因被塞在座位上又休息了一會兒，喝了點水，被大師拿著新一罐淨水重複噴來噴去，脖子那條粗紅色的痕跡終於慢慢化開，但仍有道很淡的印子，淨水覆蓋後變成淺淺一層黑紫。

他簡單地把梁進的事情告訴兩人，並發了訊息在群組，希望虞夏聯繫熟人，可以的話，重新搜索庭園。

梁進死了，屍體正在未知處腐爛，同樣失蹤的祥哥很可能也遭到不測。

現在看起來，凶手是把最想殺的人留在最後，他殺害其他人使用的時間不長，唯獨梁進被拖到其他地方割下腦袋，顯然凶手最大的仇恨在梁進身上，恨到讓對方不得好死，要對方清醒著知道被鋸斷了頭，這是一種近乎處決的手法。

——這些高中生做了什麼？

□

相較於老宅庭園那端。

上午時分，東風與林致淵在小旅館用過早餐，早早就退房，循著洪家大兒子給的地址找到那家奇異的首飾店。

不過他們來的時間較早，店家還未營業，所以走了一趟洪悅棠學校周邊，與幾家附近學生們常逛的小店攀聊，沒問出什麼有用情報，只知道那家首飾店開滿久了，這兩年因爲老闆打著可以配合個人命盤訂製飾品外加免費贈送一次算命，價錢由高至低，彈性極大，所以非常受到女學生青睞，甚至還有不少外來遊客很喜歡來，在網路上似乎小有名氣。

重新回到首飾店是近中午的時間，店員已經拉開鐵門，正在擦拭透亮得驚人的玻璃門，透過櫥窗陳設可看見多件女款飾品，其中包含各種顏色的果凍色系手鍊，從水晶到塑膠製品等材料都有展示。

「午安。」店員發現兩人靠近，親切地微笑問好：「要進來看看嗎？我們有很多適合小姐的飾品喔。」

林致淵正想開口解釋，突然被身旁的東風輕推一把，於是他閉上嘴巴點點頭，與店員一起走進店內。

首飾店室內比外面看起來稍大，展示品相當多，右側甚至設計了一個非常華美的粉色系座位區，側邊櫃上擺著精緻的茶杯組，整體呈現精緻優美的宮廷風，風格強烈，確實是女孩子會喜歡的模樣。

「大學生嗎？」店員領著兩人到平價的展示櫃前介紹：「美女膚色很白，氣質很好，可以看看這款，是我們設計師的新作品……」

「你們店內只有一位設計師嗎？」林致淵環顧了下，發現還有些金工飾品，看起來與果凍色的這些手鍊造型不太一樣，於是好奇地問道。

「駐店的有兩位喔，另外我們有好幾位合作寄售的設計師。」店員姓周，臉上的笑容始終如一友善完美，一邊介紹飾品，一邊幫兩人斟了茶水，透明的茶杯裡盛著金色液體，上面還有可食用小花瓣輕輕地旋轉。「兩位有喜歡的款式嗎？或是喜歡哪種顏色和類型，可以慢慢看喔，我們店內賣最好的是這邊的心願手鍊，心願手鍊是量身訂製，通常不能立刻拿到貨，少數狀況下才有機會當天取。」

順著店員的指引看過去，顯眼的位置有個打光適當的玻璃櫃，裡面或立或放了好幾條各色手鍊，有那種果凍色水晶，也有金銀款式、珍珠寶石，看起來不少設計師都參與了製作，價位從數百元到上千元皆有。

東風看了看櫻花色的水晶手鍊，與洪悅棠那條有點相似。

「這是粉水晶，有人造和天然款，如果你們有預算，也可以考慮混用，色彩搭配上會比較開放……」店員介紹各類適用材料。

「這個呢？」林致淵指著一邊水藍色的手鍊。

「……」東風無言地看著同伴，沒想到這傢伙居然真的看起來，而且比他起勁。

丟著那兩個相談甚歡的人，東風仔細觀察起店內。不得不說其實看不出什麼特別詭異的地方，甚至店內設計寬敞明亮，整體氛圍舒適放鬆，挑不出陰暗瑕疵之處。

不過看格局，店後應該有一片不小的空間。

東風注視著通向後方空間的門扉。

「後面是我們額外規畫的小天地喔。」雖然聊得很歡，但認真的店員依然很注意另一位客人的需求，發現東風在看門那邊，於是介紹：「如果兩位購買心願手鍊或相應飾品，小姐可以在我們這邊免費體驗一次塔羅，我們駐店的設計師精通這個，算起來很厲害喔。」

「咦？只有他可以算嗎？」林致淵疑惑地歪頭。

「心願系列消費滿額就送一次呀，你總不能和小美女搶體驗吧。」店員輕笑，「當然如果額度夠也可以雙人，可以參考這個滿額說明，或者也可以加價付費，就可以變成雙人體驗。」

林致淵與東風對看一眼，後者掏出卡片拍在某大學生身上，就逕自去旁邊看其他飾品。

店員看著居然是「女方」付費，也沒說什麼，現在ＡＡ制不稀奇，很多女孩子來店都是花自己的錢。

東風轉了一圈沒再找到讓人在意的問題，回首那端已經在結帳，隱約聽見海藍寶、保養……之類的話語，林致淵乖乖地在櫃台填寫寄送資料，寫的是他大學宿舍代收地址，並沒有暴露工作室或其他人的住所。

「那你們稍候一下，我們設計師已經在路上了，待會兒設計師也會與您溝通命盤與願望等等細項。」店員在林致淵選購時提過會算命的設計師本來過中午才會進店，確認兩人要購買後正加速前來，大約還要十多分鐘。

接著兩人被送進那個看起來非常夢幻的座位區，店員取下漂亮的茶具泡了花茶，配合一盤小餅乾送上桌。

「……」東風接回卡片與帳單，看了下，對面開始用起茶水的同伴不算花太多錢，挑了一個很吉利的８８８海藍寶土石混搭其他素材手鍊，就這價位而言，又送算命又給茶水點心還有個可以拍照打卡的座位區，難怪會吸引大批慕名而來的顧客，更別說他們還有更低價的飾品區塊。

林致淵跟到這邊也差不多知道東風的想法了，目前查到的昏迷相關者全是女性，雖然不曉得其他人與有沒有來過這家店，但謹慎起見，東風打算僞裝成「購買心願飾品的女孩」，跟隨洪悅棠兄妹的腳步來探探店家狀況。

於是爲了更加眞實，他默默地舉起手機，迎上對面的死亡視線，「打卡嗎？」

「……」東風只想打人。

兩人就這樣相對無言各滑各的手機，僵持的氣氛連本來想要營造溫馨有愛話題的店員都識相地回去擦玻璃，大約十分鐘後，匆匆到來的設計師兼占卜師終於解放這份詭異的死寂。

彼時東風正在群組戳虞因三人，那群人不知道第幾次不讀不回，連大師都跟著蒸發，看來趙家舊宅之行可能並不順利，他只能先留言說明這邊的狀況。

趕來的設計師是名外貌約莫三十多歲的削瘦女性，因為有裝扮，實際年齡可能會再大一些。

「是這位同學嗎？」設計師遞了名片，自我介紹姓齊，讓兩人可以稱呼她齊老師。「那我們後面請，帥哥可以先在這邊休息，占卜時最好只有本人在場，才不會驚擾我們純潔的守護靈。」

東風相當乾脆地起身，頭也不回地尾隨齊老師朝後堂方向走。

林致淵目送兩人離開，收回視線，幽幽地轉向有點在意的櫃台。

不知道是不是錯覺，剛剛在選擇手鍊素材與填寫寄送資料時，他隱約一直嗅到奇怪的氣味，很像香灰的味道，然而離開櫃台就消失了，味道極淡，似乎是從櫃台某處發出，與店內素雅芬芳的精油氣味格格不入。

錯覺嗎……？

不知店內同伴此刻的猶疑，穿過門扉與短走廊的東風打量著四周環境。

與店前華麗風格不同，門後又是另個世界，素雅許多，大多以原木色系為主，並沒有那種刻板想像中的黑暗氛圍，反而有些自然禪意，傳來的也是植物系精油氣味，讓人不自覺緩和放鬆。

「這邊請。」齊老師打開旁側的門，將客人迎入占卜室。

四周陳設不少水晶或木製用品，還有一些亮晶晶的玻璃擺飾，最顯目的是主牆上掛著一幅裱框好的塔羅牌組，牌卡應該是特別訂做，使用交疊鏤空的手法拼成，每張各有特色，極為特殊。

「那這邊開始之前，要麻煩美女填一下簡易的資料，例如妳的出生年月日，還有想訂製的手鍊心願。」邀請客人在桌邊坐下後，齊老師遞了表格。「會按照這個幫妳推演命盤做手鍊的搭配和小施法，促進願望實現，等等算命也會用到。」

東風看著表格，填上洪悅棠的出生年月日，因為不知道小女生是什麼血型，所以他寫了以前討厭同學的血型，然後在心願欄那邊猶豫了幾秒。

「可以寫妳想要願望成眞的小心願，例如與男朋友幸福，或是家人平安健康、學業進步之類的。」齊老師露出與店員一樣親切友善的笑容，為猶豫的小客人引導。「在許願時，我們可以握著這邊的水晶寫出眞誠的想法。」

東風想了想，單手按著水晶在紙張上面寫下：

人類滅絕。

這秒，齊老師優雅的笑容裂開了。

□

林致淵等待半小時左右，茶喝了兩壺，借了一次洗手間，終於等到他學長算命完畢，獨自從後方出現。

兩人與店員道別並離開店家。

「如何？」一走到街道，林致淵連忙詢問。

「我的心願888辦不到。」東風認真回答，並回想半小時前，齊老師尷尬微笑地請他更換願望，委婉地說手鍊可能實現不了過大的心願，接著暗示他換比較日常近身的願望，後來他改了，又被要求換一個，塗塗改改好幾次才終於進入算命環節。「888只能買到作夢之類的願望。」

「？」林致淵一臉問號。

那是什麼鬼願望？

「總之，等手鍊來就知道了。」到時候東西來就可以拿去給大師鑑定看看，另外就是洪悅棠那邊也得向洪家借出手鍊，或者請大師來一趟。東風總覺得這家店怪異，尤其是齊老師，但說不出哪裡怪。

在附近找了家餐廳，一邊簡單用餐，一邊整理這兩天發生的事情。

洪悅棠昏迷有問題，目前不確認手鍊和「高人」有無關聯。

林致淵在洪家主臥浴室看見怪異的黑影。

手鍊店家過於正常，但另一位女學生顧客也陷入昏迷不醒。

「還有我在店裡櫃台聞到奇怪的香灰味。」林致淵想想還是提出這件事，「我後來確認過，只有那個位置有。」他趁店員出去外面擦櫥窗時摸回去櫃台假裝看素材，確定只在某個角度才會聞到那股味道。

「嗯。」東風一併列入，並請虞佟協助查查店家背景，以及那位「齊老師」。

不得不說，在刻意釋出錯誤資訊之下，齊老師的占卜竟詭異地有部分正確，貼合些許他的狀況——當然扣除掉了心理話術部分。

東風不由得想起在占卜室內的卜算，令他很在意牌算的結果。

「妳曾遇過非常、非常糟糕的事，這些事讓妳的人生有巨大改變，真的很讓人惋惜。」

「幸好，妳身邊有守護星，這張牌顯示有人願意爲了妳抵抗黑暗，而且不只一位，所以妳不必放棄希望，妳的人生其實有很多光明美好的地方，不要拒絕那些星星，當眾星環聚時，那光明可以驅逐黑暗。」

「只要妳願意，妳能夠以那些星光作爲代價破除過去，交換更美好的人生。」

「妳願意交換嗎？」

5

東風兩人回到工作室是下午兩點多。

虞因等人依舊沒有消息。

林致淵因爲蹺了一天課，要趕去後面兩堂及處理些被耽擱的事務，於是先去學校。最近神出鬼沒到處補眠的甜點店老闆也不在，因此工作室只剩下一人。

莫名留守的東風沒打算營業，稍微翻了翻公用信箱確認沒有須緊急處理的工作後，就開始擺爛。

可惜他獨自一人的悠閒時光只維持短暫半小時。

響起的訪客鈴破壞了這份安好，原本正在敲鍵盤的東風一陣煩躁，錢母被抓了，錢父沒被抓，他們也預估過對方可能不死心還會冒出來。抱持著不悅的心情點開訪客螢幕畫面，看見來者後，他突然覺得還不如來的是錢父。

來的傢伙比錢家那一對渾蛋更讓人抓狂。

「嗨～學弟！」

下午前來工作室玩耍的嚴司心情愉快地抬手對一臉深沉的小朋友打招呼。「我們可是帶了好吃的東西過來找你們喔，羊媽媽回來了快開門。」

「……」如果不是這個東西後面跟著他學長，東風有百分之兩百的機率會直接假裝自己不在，上樓掛著耳機裝死不理。「虞因不是有給你們……鑰匙和電子密碼嗎？」

最先是聿與楊德丞的餐廳有點心合作，所以一開始虞因就把鑰匙給了楊德丞一份，方便他在大家都不在時可以自行進來取走預先做好的點心。後來嚴司知道這件事，在那邊哭唧有了新人忘舊人什麼鬼的，纏著虞因鬧了好一段時間，終於逼得本來不想把怪東西招進來的虞因不得不把鑰匙也給他們一份。

但獲得鑰匙後，這傢伙還是都按訪客鈴，不知道是欠揍還是想被沉到海裡面。

「你不懂，這是一種儀式感。」提著頗有重量的伴手禮，杵在外頭面對監視器的嚴司認眞地說著鬼話：「回家時打開門空空蕩蕩的會很失落，但是有人來幫你開門，那感覺就不一樣，就像夏天的剉冰裡面多了煉乳、冬天的火鍋有了肉片。」

「聽不懂你在說什麼屁話。」東風翻了個白眼，深深覺得果然長得人模人樣的傢伙還是別張嘴比較好。

尤其是今天真的格外人模人樣——不管是嚴司或是黎子泓，兩人都穿著正裝。前段時間換了髮型的嚴司甚至把頭髮往後抓，臉上配副相當斯文的裝飾眼鏡，搭上似笑非笑的表情，看起來活生生就是衣冠禽獸或是高智商心理變態。

喔不對，他就是個心理變態，不用看起來。

東風在心裡修正感想。

「好啦，快來開門。」嚴司敲了敲訪客監視器。

沒轍，東風只好勉強從椅子拔起，慢吞吞地走去開啓鐵門。沒想到門一打開，先看見的是個黑色的龐然大物往自己撲來。

「！」

下意識往後避開，接著那團黑色東西還軟綿綿地往後移回去，仔細一看居然是個龐大的玩偶裝，體積將近一人半左右，上頭鑲著兩顆異常大的紅眼珠。

「驚喜！可愛的伴手禮一份！」異形玩偶裝後頭傳來欠揍傢伙的聲音。

東風愣了愣，短短幾秒時間，玩偶又朝他倒過來，甚至非常囂張地直接倒下來貼在他腦袋上。這東西看起來很大又有點體積，但意外地卻很輕，材質不像一般活動服裝店家賣的那種廉價變裝。

「別玩。」黎子泓才彎身提個東西，抬頭就看見學弟被布偶裝埋了，連忙側過身把玩偶裝拉起。剛剛在車上如果不是他制止了某人，這玩偶裝會直接套在某傢伙的身上再愉快地下車按門鈴。

「這是……」東風瞇起眼睛，黑色大玩偶實在過於眼熟，與影片中驚鴻一閃的物件異常相似。

「我拿影片截圖問了不少人，最後有個訂製玩偶裝的說他們做過這東西。」嚴司從玩偶後探出頭，心情愉悅地露出笑容。「他們製作時有另外打樣，所以我把樣品借出來了，這東西很貴，先進去吧。」

黎子泓進到室內後先把西裝外套放置一旁，隨即從小冰箱拿出兩瓶礦泉水——工作室另外兩人不在，沒人提供補給，學弟顯然等著他們自生自滅，通常這種時候他們得自給自足。

「你們不是去參加研討會嗎？」東風知道這幾天有個不小的國際研討會，背後幾個贊助商很有錢，據說場地與設備極好，吸引各地學者到場參加，一連五天，每天一場大型研討，算算時間是昨日結束。

「對喔，昨天結束了，不過老師們今天合辦一場中午的小餐聚，吃完才放人。」嚴司聳聳肩，雖然比起昨晚閉幕的酒宴規模小了點，但各方長輩和廠商不少，現場氣氛還是比較正經。「學校老師還提起你耶小東仔。」說著順便報了老師的名字。

「提起我？」這就比較讓人意外，東風挖掘了下模糊的記憶，隱約想到的確有這麼個人，但他不認爲和老師有熟到會讓他在餐宴上向其他學生詢問近況。「當年雖然是系上老師，但交集不大，只是選修課程的老師。」

「嗯，也不知道爲什麼，突然就問大檢察官你最近生活如何，當然我們也沒說什麼啦。」平常雖然大家都在一起玩，不過這種事嚴司還是很有分寸，不會隨意透露私人訊息。

「可能是這兩年案子的關係，多多少少有些風聲引起老師好奇。」黎子泓把方盒放在小吧台上打開，順勢從檯面下取出幾個骨瓷餐盤。

他們研討會合作的旅館附近有家知名甜點，昨晚嚴司就吵著要帶伴手禮，不知道讓他用什麼方法眞的臨時訂到一盒據說要排隊一個月才有的甜點，中午聚餐完後兩人領了東西，以及拿到布偶裝，就直接來工作室。

看來時間不巧，虞因和聿還沒回來。

嚴司捲起襯衫的袖子，摸出氣泡水和一些水果與聿製作的果漿，準備幫三人調個清爽的飲料。

「不過你怎麼沒有和被圍毆的同學他們一起出去玩啊。」把粉嫩嫩飄著小櫻花的氣泡飲推到學弟桌前，嚴司隨口發問。

東風不太想回答這問題，虞因他們去老宅這件事只告知了虞家兩名大人，似乎沒有貼在群組，所以嚴司二人並不知情。

嚴司沒有抱持著會獲得友善回覆的期望，很快地又弄好一杯琥珀色晶瑩剔透還有隱隱光芒的飲料給他的前室友。

「……這是什麼。」黎子泓看著好像很正常但也不太正常的不明液體，忍不住開口詢問。不是他過度防備，實在是上當幾次後，就開始不信任友人親手做出來的東西，即使顏值很高。

「唉，不要這麼緊張嘛，只是蜂蜜氣泡水。」嚴司聳聳肩。

黎子泓更覺得有問題了，他認得蜂蜜水，絕對不是這顏色，更別說還有微光。

替自己疊了一杯五色漸層後，嚴司很愉快地坐到一邊。「我發誓沒有毒。」

「……」那就是眞的有問題了。

盯著晶透的飲料，黎子泓沉默了幾秒，最終還是抱持著相信友人幾乎快要泯滅的人性，小小地淺嚐了一口。

意外地還眞的算正常，除了蜂蜜氣泡以外，還有股淡淡清爽的茶香氣，看來顏色可能是因爲茶的關係，但他剛才並沒看見對方調製茶水的動作。

一邊的東風看人沒有被毒死也沒有噴出來，小心翼翼地也試了口，沒想到還眞的是正常口味。

「看吧，你們應該多相信我一點。」嚴司眨眨眼睛，搖晃了下自己的彩色五層，色彩鮮艷的液體緩緩轉動。

本來想吐槽點什麼但東風懶得開口，從點心盒裡挑了個透明的水信玄餅，用小湯匙戳了戳，然後想起前不久聿也做了一系列小花水信玄餅，當時他拿到一批品質很好的食用花，部分拿去糖漬，之後做了好幾種帶花的透明球，一放到店裡瞬間被掃空——主要剛好那天有幾個熟人在工作室，幾乎都被這些人搶光了。

當日運氣很好搶到好幾種花款的小伍據說獲得女友大力稱讚，兩人甜甜蜜蜜抱著點心去約會了，背後遭到無數單身同事的怨念目光。

猛地一頓，東風才意識到自己恍神，抬頭正好對上嚴司那種若有所思的眼神，突然就讓人有點不爽。

被逮到正在盯著人看的嚴司笑了笑，指指半坐在椅子上、姿勢被擺得很像地方老大的黑色條狀人偶。

「嘛，我們還是回歸正題吧。」

□

黑色人偶來自南部的玩偶訂製工作室。

這筆訂單是去年接到，由一間密室鬼屋下訂，因爲須長時間穿著、經常換洗，以及更換不同場次使用，當時一共下訂三套，製作材料自海外進口，是較爲輕盈透氣但挺立的特殊布料，造價不低。

製作過程中曾以同樣布料進行初次打樣，所以實際上人偶裝共有四套，打樣裝留在工作室，過年收拾時工作室把收納箱放到倉庫就整個遺忘了，直到其中一人接到朋友的詢問。

詢問者的朋友正好與嚴司認識，看了影片截圖後依稀想起好像曾在鬼屋看過類似的東西，反向透過朋友幫忙探問。

工作室原製作者看過圖片，畢竟影片截圖很模糊加上這類鬼裝很多，所以也不太敢完全確定，但從尺寸上看有六、七分把握應該就是他們做的人偶裝。

整個過程大概是九彎十八拐吧，最終嚴司把這套打樣人偶裝借出來了，並且聯絡上鬼屋負責人。

「最有意思的是，負責人一聽到這件事後去清點人偶裝，發現眞的少了一件。」嚴司把各種拼接的關係鏈對話整理成檔，不得不說認識的人多就有這種好處，問怪東西還可以得到回覆。「於是我前室友取得承辦檢座的同意，私下介入請負責人確認看看人偶裝使用者的名單。」

嚴司點開名單，鬼屋的人偶裝演員在案發前後一段時間裡還算固定，整個期間只異動了一人，所以人選並不多，他點了點其中一個名字。「唐益嘉，案發之後離職，唐佑承的堂哥，他只是頂替認識的正職員工兩、三日的臨演，薪水當日結算，所以並沒有被登錄在正式員工名單，警方應該是因爲這樣沒有發現關聯。」

在他們聊天的這個時間，負責員警應該已經前往唐益嘉住處，釐清人偶裝與此人此案有沒有干係。

有趣的是，當時警方過濾青少年們周邊親友時，這位唐益嘉聲稱很久沒與堂弟聯繫，不清楚堂弟平日在做什麼，加上通聯記錄裡確實沒有雙方往來的痕跡，就這樣被略過去。

「……」東風微微皺起眉，下意識看了眼曉著二郎腿、豪邁坐姿的人偶。這個人偶其實是有模樣的，按照成年男人的體型放大一點五倍，身上略微浮腫，猙獰的五官輪廓泛黑模糊，要很靠近才能看清恐怖的長相。「如果是這樣，人偶裝的使用者與唐佑承認識。」唐佑承是一名喜好直播的小網紅，他到死前都還在不明平台直播，煽動堂哥幫忙帶出人偶裝的動機似乎可以推測出來。

「唐佑承很可能是在知道探險地點後，刻意想要營造恐怖氛圍，或者惡作劇，所以透過關係借用鬼屋人偶裝。」黎子泓看過影片後，注意到直播的唐佑承落在最後方一直有意無意地拖延，被同伴喊了好幾次，後來又從台階返回，恐怕早知道人偶裝的存在，甚至到被殺害之前，都沒有對冒出的人偶裝抱持警戒。

「問題來了，人偶裝裡面是誰？」嚴司敲敲玻璃杯的杯身。「唐益嘉嗎？還是其他人？」其實唐益嘉的可能性最低，除了有血親關係外，他應該不會愚蠢到幹下自己偷借出人偶裝還殺人有這麼明顯破綻的蠢事。

「或者是洪祥駿。」東風記得推測出來的身高與梁進、洪祥駿很相似，梁進在影片內，另外一名從頭到尾都沒出現的失蹤者就大大可疑，很可能就是因爲他須要穿著人偶裝，才會在一開始就失聯。

綜觀整個小團隊，這是最有可能的人選。

不過這些人組成尋寶團隊也不是一天兩天的事，要進行這種活動都有基本信任，在這前提之下，這些人有到如此嚴重的深仇大恨……嗎？

「小東仔，不要小看人性，多得是身邊人轉頭補刀。」嚴司聽著前室友與其學弟的討論，悠悠哉哉補上這句。他們經手的案件太多了，親人、愛人都會相殺，更別說是一支多人團隊，摩擦肯定不會少。

就在三人各有所思的同時，東風的手機群組響了下。

失聯的虞因等人終於魂歸人間，聿代表傳來平安的回應，並且稍微將庭園那邊發生的事簡單描述幾句。

「看來梁進更不可能了。」東風快速看完，目前虞夏那邊也知道了，正在通過承辦單位試試可不可以重新搜索庭園。只是說詞非常不科學，而且他們也沒個確切地點，不曉得那邊的人會不會同意。

黎子泓想想，還是重新聯繫那位檢座學長。

「不是我們這邊範圍的真麻煩。」嚴司邊說邊拿著自己的手機，把承辦的新朋友拖出來問好。

在虞因狀況還不是很穩定、大師攔著人不給重回庭園下，那邊的三人準備打道回府。後續重新搜索還得仰賴當地檢警單位，不會立刻有結果。

黎子泓與嚴司又待了一會兒，後續都還有各自的事情所以不在工作室久留，因爲扛著人偶裝太麻煩了，嚴司就把詭異的人偶裝暫時留在工作室，讓東風可以重新與影片對照，過兩天再搬回去還給製作者。

於是工作室又只剩下東風一人，並且與坐姿囂張的人偶裝面面相覷。

「……」

不知道爲什麼感覺十分不爽。

計算了路程，虞因和聿回到這裡約莫還要一個多小時，大師則是直接回家，不會往這裡來。

東風翻翻對話，周震另外給他傳了一堆訊息，大致是虞因在庭園那邊受到的影響與大師判斷不讓他繼續等等，可能周震覺得一個聿看不住人，多找個來當幫手，後頭還有一大堆抱怨的話，此外就是要他留意接下來會發生的事，那兩隻飄恐怕不會這麼快善罷甘休，畢竟已知其中一隻曾經找上門過。

全篇看下來，東風思考或許他該去買個火爐？好像有個過火爐什麼的說法。

下一個群組對話來自玖深稍早的留言，他提出手機的問題，搭配已知唐佑承可能準備人偶裝的前提，可推測梁進也是人偶裝的知情人士，提早到來先接觸了洪祥駿，因不明原因兩人手機對換，又或者是洪祥駿的手機掉落被梁進拾走。

這樣就可以理解為什麼梁進一直攜帶別人的手機，他應該是想要事後再還給洪祥駿，而也因為洪祥駿須要穿著人偶裝嚇人，他才在眾人面前否認見過對方。

但也不能否認玖深的猜測，說不定梁進確實不知道人偶裝的事，不明緣故下否認見過洪祥駿、意外互換手機，這麼一來事情就更加奇怪了。

東風無意識按掉手機，思考著各種可能。

熄滅的螢幕進入黑暗待機狀態，折射著光線的面板上突然出現一大塊黑影，東風猛地回過神但來不及反應，原先坐在椅子上的人偶裝不知道什麼時候來到他身後，大張的雙手直接往他臉上摀。

「！」東風抓住堵在他口鼻的手掌，冰冷的人偶裝底下出現了堅硬的軀體，還有一絲細不可聞的香灰味。

突如其來的襲擊只持續了數秒鐘，須臾過後人偶裝整個癱下，空蕩地掛在東風背後。

甩開人偶裝，東風退到牆邊，喘息的同時緊緊盯著扁平在地的黑色人形物體，腦袋裡只剩下一句話——

他要掐死嚴司那個掃把星！

□

虞因醒來時依舊有點昏沉。

從庭園離開後他就不太清醒，躺在副駕駛座渾渾噩噩地半醒半昏睡，耳邊隱隱聽見車上播放的音樂，閉眼的黑暗裡好像還可以看見那群渾身是血想從台階上逃生的青少年，能夠感受到他們死前的不甘心與驚愕，以及面臨死亡的無限恐懼。

不只梁進，還有死去的另外三人，那些怨氣好像延遲了很久才跟著梁進的悲恐找上他，祂們還不是很明白爲什麼自己非得慘死在那裡。

殘存的驚懼裡充滿了求救與哀號。

「好痛……」虞因按著被切開過的脖子，把頭撞在窗戶上。

聿側過頭，看見那道痕跡又有些變紅的傾向，不得不把車先靠邊停，取出大師留下來的淨水。「你不要可憐祂們。」這麼久下來也知道虞因的壞習慣，他不擅長拒絕那世界的東西，甚至會主動傾聽，後來周震也說過，因爲這個緣故，所以本來有效的護身符效果也會變差。

吃了這麼多苦頭，還是沒什麼改進。

他贊成周震的做法，那些東西在現場竟然不去找周震這個半專業人員，只會欺負比較軟的虞因，實在是不值得伸援手。

虞因微微睜開眼，有點委屈。「只是想解決事情嘛……」又不是他不願意就可以躲開。

擦過淨水後，痕跡再度退淡，疼痛也減輕許多。

聿看看暫時沒問題，重新發動車輛，時間不早，再一會兒就傍晚了，保險起見還是盡快回去。

車輛剛滑出路邊，前面就衝出一道人影，聿反射性一煞，車頭險險停離在對方兩、三公分處，出現在車前的是個面帶恐慌的青年，好像被什麼恐怖的東西追趕，他也不在意差點被撞，直接衝到側邊拚命敲車窗。「救命！救救我！殺人啊！」青年後面那句是吼出來的，整個人異常激動，瘋狂撞擊車門，活像這是僅剩的稻草。

聿判斷對方身上沒有攻擊性武器，看他的樣子似乎不像作假，最後在虞因的凝視下還是開了車門，青年瞬間衝進車內並快速上鎖，整個人退到後座的另外一端，死死瞪著自己剛剛衝過來的方向。

下秒，整輛車突然受到強力撞擊，車內狠狠震動，聿猛地看向衝擊來源，外頭空無一物，但窗戶上出現某種東西壓印的痕跡。

「啊啊啊啊啊啊——！」青年抱著頭發出尖叫。

被震動搖晃得差點暈眩爆漿，虞因掙扎轉頭，與貼在後座車窗外的紅色雙眼對個正著，下秒車輛衝出去，大黑影被拋在後方。

毫不遲疑踩下油門的聿按照腦袋裡的地圖，將車開向人多之處。

幸好是下班時間，他們很快駛進車流量大的街道，沿著走走停停的塞車路線走了一會兒，後方的不速之客在這段時間終於慢慢冷靜下來，從抱頭的雙臂中露出一雙眼睛，打量前座的兩人。

「你是誰？」虞因按著抽痛的腦袋，勉強開啟公關模式，出口詢問。

青年囁嚅了半晌，才終於發出顫抖的聲音：「我、我叫唐、唐益嘉……謝謝、謝謝你們……」

翻出一瓶礦泉水遞到後座，虞因感覺這名字好像有點耳熟，仔細一想似乎群組那邊有提到這名字，不過他上車後不太清醒，所以那一大串字只看了幾句。

「唐佑承是你的誰？」聿沒想到居然會載到嚴司那邊剛提到的人，從照後鏡端詳在喝水的青年模樣，眉眼一小部分確實有些許像照片裡的唐佑承。

「是、是我堂弟……你們認識？」青年——唐益嘉喝了幾口水後才有種回到人間的感覺，同時意識到車上的人似乎不太對勁。

「算認識吧。」虞因揉揉脖子，剛剛才感受到人家堂弟的怨氣，某方面來說大概也算認識。「你發生什麼事？」

唐益嘉顫了顫，剛剛的極度驚慌讓他的臉部有些不自然，眼角臉頰不受控地有點抽搐，一回憶起遭遇，他不斷發抖。「有、有東西在追我……好幾天了……一直跟在後面……祂、祂好像想殺我……鬼、有鬼……」

「爲什麼？」聿把車停在人流很多的地方，回頭看著再度蜷成一團的青年。

「我不知道、不知道……」唐益嘉拚命搖頭，「眞的……我什麼都不知道……」

「三死案的人偶是你提供的，難道你是凶手？」虞因靠著車門，突然抖出讓後方乘客再次驚嚇的推測。

唐益嘉是眞的被嚇到了，並且差點被嚇得魂飛魄散，他沒去思考爲什麼兩名陌生人會知道這點，連忙顫聲低喊：「不是我、真的不是我……我、我有不在場證明……那天我肚子痛……沒辦法去……佑承說他會想辦法……」

經由青年口述，前座兩人才知道當晚部分經過。

唐佑承確實是找上在鬼屋幫演員朋友當臨時工的堂哥幫忙，似乎是因爲那段時間直播都沒拍到什麼爆點，搞得那些觀眾一直在說閒話，所以唐佑承想趁這次尋寶挑戰的機會搞個惡作劇，至少把同伴嚇個屁滾尿流當搞笑點也好，那天以一晚五千的酬勞請唐益嘉帶人偶裝過去裝神弄鬼。

因爲錢不少，加上唐益嘉在打工處幾天出入，知道密室的倉庫並沒有嚴格控管，找到缺口就有方法可以進入，所以他很快就心動行動了。

然而他前一晚吃壞肚子，大清早痛醒直接爆發急性腸胃炎，被家人送急診，自然不可能再去庭園，這點只要查就診記錄就可以確定。

人偶裝提前兩天就被帶出來暫放在唐佑承租屋，那陣子人偶裝的劇情正好結束，改換其他劇碼，人偶裝與相關道具被封箱暫存，所以拿出來幾天不會被發現。

「我放了佑承鴿子後他其實很生氣，但後來又打電話告訴我他找到人幫忙，要我好好治療，還轉了三千給我當拿人偶裝的辛苦錢。」唐益嘉小聲地說：「我問他，他就說是個朋友幫忙，叫我隔天再去回收人偶裝。」

唐益嘉不知道朋友是誰，當時他腸胃炎上吐下瀉壓根沒心情追問。翌日殺人案傳出，唐益嘉看見影片後發現下手的竟然是穿著人偶裝的人，當下被嚇得不知道該怎麼辦，他害怕變成提供人偶裝的共犯，又怕把人偶裝偷出來的事情曝光，所以裝作什麼都不知道，警方上門時，他還難得演技爆發地把警方都糊弄過去。

他不知道凶手是誰，他在看了影片後整個人毛骨悚然，只想逃避。

就在他以為風波稍微平息時，他發現有不明人士尾隨他。一開始只在夜間偶爾瞥到好像有身影在街道轉角處，後來在住家附近也看見詭異的人影，直到近期——

「那個人偶在追我！殺人凶手在追我！」唐益嘉吼叫出來：「那東西不是人！祂沒有影子！一定是那個老宅有厲鬼鑽進去，厲鬼殺死其他人，現在來殺我了！」

不得不說，唐佑承這個堂哥還打開一條新思路。

老宅裡面確實有很多滯留的存在。

真有仇視活人的東西鑽進去人偶裝裡開啓一連串凶殺，似乎也不是不可能，鬼片很常這樣演。

但經過各種共感毆打，虞因反而更確定凶手是個人，因為凶手「死了」。

原先就飄在庭園裡的住戶不可能再死一次。

「先開車把他載去警局吧。」虞因嘆了口氣。

「爲、爲什要去警局……」唐益嘉顫抖之際，還記得當初逃避的原因，他反射性不想去警局，但也不敢跳車。

「陽氣重、殺氣重、正氣重。」虞因給了一個實用回答：「三合一，不然你還想去哪裡。」

「……」後座乘客無法反駁。

車輛轉向，往當地承辦警局前進。

□

將唐益嘉這個芭樂人甩給承辦單位後，虞因兩人被小隊警員留下。

「排骨便當可以嗎？」局內沒有餐廳，最年輕的偵一小隊員正在訂晚餐，拿著菜單很友善地詢問兩人口味。「還有雞排、雞腿、糖醋魚……我個人推椒鹽雞排，比臉還大。」隊員看著臉小的客人，嗯了聲點點頭，的確比他們臉大。

「雞排，給他粥。」聿瞄到便當店居然有提供廣東粥，替暈頭的虞因點了清淡的食物。

「好哇，幫你們加個蛋花湯。」小隊員拿著菜單去問其他還沒吃的同僚。

虞因萎靡地趴在小隊員的辦公桌，脖子是不痛了，但腦袋還暈，這後遺症比較像被撞爆頭的那位堂弟。

這邊的警局稍早被虞夏打過招呼，所以知道這兩人是警眷，因此對他們很和善，有的人知道虞夏那邊頻起的「不科學」，於是對他們把唐益嘉丟過來這件事沒有過多詢問，剛剛點餐那名小隊員還小心翼翼地問要幫他們找符水什麼的嗎，被聿冷漠拒絕。

人很好，但不必要。

「我們已經通知虞夏，你們暫時待在這裡不用擔心。」有名高大、渾身充滿不好惹氣息的男子拖來辦公椅坐在一邊，看了看癱掉的虞因，視線落在聿身上，並伸出手：「魏旭陽，葉桓恩學長，副隊。」

葉桓恩，小魚乾與雞肉乾的飼主，事件過後還經常會來找他們玩，貓與狗依然很有精神。

聿伸出手與對方短暫交握。

「除了虞夏、虞佟，葉桓恩也打過招呼，你們不用擔心，我們正在申請重新搜索趙家舊院，加上特殊器材與警犬的調用，最慢明天早上可以出發。」魏旭陽爽朗笑了聲，用手指指上方，聲音變小了點：「當然，檢座和主管那邊好像也有認識的人詢問，否則我們隊長滿擺爛，本來不想管。」

看來承辦主要是由眼前這位員警在張羅。

魏旭陽比點餐小隊員權力大多了，直接找個安靜無人的會議室讓他們進去休息，之後讓小隊員把晚餐送進來。

這時候虞因精神好許多，頭痛退去回血七成，主動爬起來吃飯，兼滑著手機補訊息。

聿把另外裝的雞排推給對方，有點不太滿意地揀選便當菜，配著有滷汁的飯一起吃。

「唐益嘉已經招了很多事情，偷人偶裝提供死者他們使用等等之類的。」喜歡聊天的小隊員搬來椅子，一邊在旁邊吃便當一邊閒談，都是自己人，所以也沒有什麼避諱，直接爆出剛剛的訊問。「可是他眞的不知道是誰穿人偶裝，魏老大已經查了就醫記錄，他在醫院掛點滴沒錯。」

似乎把虞因的話聽進去，號稱被鬼追殺的唐益嘉現在死都不出警局，還意圖把自己搞拘留，賴死在三氣重的地方。

魏旭陽同時也遣人去人偶裝的工作室調查，並且排查各個「昏迷不醒」的相關病例，整個小隊非常忙碌地運作著。

「對了，還有這個。」小隊員吞下一口菜，掏出自己的手機快速滑張照片出來，遞給聿。

聿凝視著小隊員幾秒，確定這名小隊員應該是受了魏旭陽私下指使，刻意遞給他們相關情報。

有些東西不能外流，但可以私下混水摸魚。

相片是那名溺死的男屍，看死因與三死案無關，唯一的巧合是他死亡的地方很接近庭園。小隊員滑出來的是屍體撈起來之後的畫面，後頭連續幾張都是屍體的各種角度，其中一張拍到男屍緊握的拳頭。

帶著擦傷的指縫夾著一小顆粉紫色珠子。

虞因也湊在旁邊看，看見珠子時瞇了下眼，和聿不約而同想到東風去調查的手鍊，粉紫色的珠子兩邊有洞，明顯是串珠用的樣式。

「這是散落的手鍊，後來鑑識搜索了排水溝，找到其他部分。」小隊員拉出後頭幾張照片，是好幾顆散珠的特寫，粉紫色的好幾顆，另外就是透明與白色的水晶珠子，「鑑識說組合起來的手圍很小，款式也與死者不相符，擁有者應該是年輕女性，偏瘦。按照現場痕跡來看，死者有可能是醉酒之後，無意間發現排水溝裡面有飾品，想撈飾品時失足溺死。」

他們排查過現場，鑑識也根據痕跡重現了歪歪扭扭的醉酒路線，這是最有可能的事發經過了。

雖然很倒楣，但事情就是這麼發生，嚴重酒醉加上摔倒，正面栽入水裡後爬不起來，活生生被淹死在平常看來非常淺的排水溝裡。

沒有謀殺，單純意外。

「死者在掙扎時扯斷手鍊，這條手鍊原先應該是被某個東西勾住。」小隊員放大屍體的手部，有拉扯線狀物體留下的痕跡，串珠線不知道漂哪裡去了還沒找到。

「……你們要不要去某家店查看看訂做名單。」虞因一整個大寫的頭殼痛，沒想到這地方也出現手鍊了。

聿則是安靜地盯著那些相片看了一會兒，猛地想到些什麼，拿出手機查看當地地圖。

「救護車？」

「什麼？」小隊員一臉呆滯。

「三死案發生當天，救護車和警車停在哪裡？」虞因連忙問道。

小隊員雖然不明白詢問的原因，但還是很快開口：「就在這條路再往上，那邊有塊空地比較大，所以救護車和警車統一停在那一帶，再徒步進入庭園，排水溝是相連的。」

聿冷了冷神色。

如果「茉茉」確實也有一條類似的手鍊，那麼從庭園被救出到進救護車這段期間，手鍊無意間掉落甚至被踢進排水溝裡，都是有機率會發生的事情。

「靠……那眞的太冤了。」虞因想到這個可能性，就覺得溺死的死者太慘，而且隱隱好像有某種被抓交替的宿命，想到就覺得不適。

所以手鍊在這連串事件裡，究竟扮演什麼角色？

虞因越想越想不出來，這東西的出現在三死案裡很突兀，卻又存在於好幾個昏迷病例裡，不知是正常還是異常。

稍晚吃飽沒多久，小隊員又熱情地詢問他們要不要在附近住一晚，明天等待庭園搜索重啓後的狀況。

虞因目前無法去現場，想想還是拒絕，決定先回工作室，另外虞佟那邊也很擔心他們，得要回家一趟，搜索後續可以等虞夏得到情報後再問不遲。

於是小隊員和虞因交換聯絡方式又遞了副隊的名片給他們，就帶著兩人去取車，歡快地目送他們離開。

「……還沒遭社會毒打的希望之光。」看著後方還在揮手的小隊員，虞因不禁想起以前小伍剛進隊時的青澀模樣，後來被他二爸折磨過後，現在已經是歷練過的升級小伍，學會了陰險揍犯人不會出現傷痕的各種招式。

這小隊員一看就是還沒學到老油條技能。

話說回來，被毒打過還很單純的也不是沒有，例如玖深。

虞因好幾次都覺得幸好對方是鑑識，要是跑刑偵前線，他可能會莫名其妙被砰掉，不然就是被壞人賣掉。

果然人生都有安排，生命有各自出路。

翌日清早，魏旭陽帶著小隊員徹底搜索庭園。

下午時分，傳出找到無頭屍體的消息。

屍體一直在庭園裡，但藏得很隱密，不但儀器很難掃到，連警犬也是來回猶疑了幾次才確定。

老宅建築區域廣大，魏旭陽好不容易聯絡到一名當年建築師的後代翻出部分設計圖，發現庭園裡有幾處地窖和地下室，人多用於當時保存食物與一些比較容易照光損壞的物件，最後屍體是在極爲隱避的偏僻處地窖裡找到。

不得不說這個位置非常難找，地窖上面甚至還有座佔地不小的舊池子，直接完整覆蓋地窖範圍，池水沒退盡，一層二十多公分的淺淺污水滿布孑孓蚊蟲。

魏旭陽帶人一個個地窖排查過去，這是圖上最後、也最偏遠的一個，不知當年是否故意做得很難讓人發現，入口位置很奇葩，慎重的雙層門與地底階梯入口處被人堵滿雜物，雜物有近期移動過的跡象，本該有的厚灰塵被清掃得很乾淨，底部的地窖口也被人用粗鐵鍊上鎖。

費了一番工夫剪斷鐵鍊，終於在空無一物的地窖深處看見被裹在防水布裡的無頭屍體。

從地面痕跡來看，這具屍體生前應該是被防水布捆起之後拖到這個地方，隨後在此被割斷頭顱，周圍鋪滿防水布的空間皆沒有頭部，只剩下無頭屍體在此腐敗，防水布一打開，充斥的蛆蟲與濃厚的屍臭味立刻潰散出來。

「應該是梁進沒錯了。」比對屍體與影片上的穿著，魏旭陽嘆了口氣。

案發那時他們也搜索過，然而種種原因加上當時沒有設計圖，難以這麼深入查找，否則早在兩個月之前就該找到遺體。

確認了這具屍體是梁進本人，最後剩下的就只有失蹤的洪祥駿，究竟是凶手還是受害者，尋找他的下落似乎變得更加迫切了。

魏旭陽離開地下室，踏到外面呼吸新鮮空氣時，正好看見稍早逃出來的小隊員蹲在旁邊吐，大概是記得不能破壞現場，他居然還自備嘔吐袋。等對方吐完，他打了個手勢，後者連忙滾到不起眼的角落邊滑手機。

畢竟屍體這個消息是那邊傳來的，當然也要對等地回應對方，說不定還能再得到一些奇異的情報呢？

放在先前，魏旭陽可能不太信這些，也把中部圈內的那些傳聞當成三人成虎的膨脹傳說，作茶餘飯後的閒聊聽聽，但這次接觸，似乎還有點真有其事，當作參考也不是不行，只要能推進案情。

「……姓周嗎？」翻出手機記存的號碼，昨天確實還問到個大師的手機號，據說和他們一起來庭園，也遇到點事情。

試著聯絡看看吧。

□

「梁進的屍體找到了。」

虞夏看完傳來的消息，抬頭看著若有所思的三個小孩。

下午抽空過來工作室一趟，順便看看人偶裝，不得不說他挺欽佩嚴司可以這麼快把東西搞來，並且弄出條人脈關係，這讓詢問人偶工作室製作者與鬼屋負責人的進度變得極快速，那邊的人似乎覺得朋友的朋友認識警方內部的人，四捨五入等於他們多少也有點交情，變得相當配合，問什麼說什麼，沒有半點保留。

後來排查事件，確實與製作者、鬼屋那邊沒任何牽扯，所有人在那幾天皆有明確的不在場證明，甚至監視錄影，人偶裝被弄出去完全是唐益嘉的個人行爲，竊盜道具的後續究責，就看鬼屋負責人想怎麼處理。

魏旭陽那邊找到屍體後與梁家的人聯絡，因爲還得比對身分，家屬已趕至警局，約莫是三死命案過於驚悚，隨著梁進失蹤時間越來越長，家屬好像也做了某些心理準備，接到通知後反而有幾分冷靜，大概就是那種「終於來了」之類的塵埃落定感，傷心悲痛是有，只是不到歇斯底里。

不知道該如何形容，凡是見過這家人的員警們都覺得他們鎮定到有點奇異，還可以非常理智地要求員警盡快查出眞凶。

「洪祥駿那邊的家屬有什麼反應嗎？」虞因站得遠遠的，詢問時不時會給他一記凶惡視線的二爸。

通常失蹤者有兩人以上，突然找到其中一人時，另外一方的家屬收到消息也會跟著跳出來詢問進度，更別說這種大案了。

「洪祥駿沒什麼家人，父母都死了，目前剩個就讀高二的弟弟，名義上養在阿姨那邊，實際自己打工繳付阿姨房租、生活費和學費，當時到場配合偵辦的就是弟弟和阿姨，收到消息後沒太大反應。」虞夏手邊也有整個青少年隊伍的資料。

除了有點瘋狂的錢家，其他幾個家庭都是很普通的三、四口之家。當中梁進與唐佑承的家境比較好，尤其梁進，家中經營百貨連鎖店，梁家大人對小孩很大方，給的零用錢不少，根據同學所說，這群人平日吃喝玩樂的開銷很常是梁進出手，雖不到花大錢，但一般零食飲料不缺，偶爾出入ＫＴＶ等遊樂場所也都他買單，所以青少年們以梁進為頭領。

大概就是因為如此，所以梁進脾氣不是很好。並非那種會暴怒打架滋事的不好，而是他對人有種階級疏離感，看不上眼的通常就是一個滾字，與他玩得好的也只有唐佑承幾人，而這幾人還是有點拍馬屁奉承討好的存在。

這麼一來大概可以看出小團體的排序，以梁進為主，唐佑承位居第二，接下來是小陸、茉茉、小三。洪祥駿平常應該較少與小團體一起活動，屬於尋寶遊戲的外來合作人員。

乍看之下似乎沒什麼問題，但稍微深入瞭解後又會覺得這群人充滿怪異的不和諧。

「奇怪。」虞因看著從魏旭陽和小隊員那邊傳來的資料，裡面還有幾張匆促拍攝的現場照，總覺得不太對勁……哪裡怪怪的？

「有什麼問題？」虞夏看了眼自家白痴小孩脖子上那條，經過一晚，痕跡已經淡到不太明顯。

「欸……暫時沒有。」虞因想不出怪在哪裡，決定晚點再整理思考。「二爸你不用回去工作嗎？」總覺得從昨晚開始他兩個爸都用某種好像應該要加買保險的目光看他，害他早上吃飯都戰戰兢兢，奇怪的是居然沒被揍。

「差不多了。」虞夏看應該是沒什麼大問題，又讓幾個人注意點，這才返回警局。

將人送走後虞因鬆了口氣，重新坐回位子上仔細看魏旭陽傳來的資料，以及手上現在有的三段影片，總覺得仍有哪裡不太對勁。

就在這時，訪客鈴響起，聿打開監視器，出現在彼端的是張讓人很不想搭理的熟面孔。

「嘖嘖，果然又來了。」虞因湊過去，看見的是錢父的臉，比前兩天更陰鬱了，可能是妻女都出事讓他更加心力交瘁，臉色難看到一個程度。

東風站起身，離開客廳，不太有見這些人的慾望。

虞因看看大廳裡沒什麼問題，除了那隻被五花大綁在椅子上、略顯怪異的黑色人偶裝，於是他彈開外面鐵門的電子鎖，讓對方自己進來。

可能是那天被員警警告過，錢父這次語氣比較收斂，很謹慎地坐在位子上，小心翼翼地開口：「內人的事情眞的很抱歉……無法要求幾位原諒她，不過她最大的願望是女兒清醒，我們眞的沒辦法了，高人、高人也拒絕我們，她不知道去哪裡了，眞的只能拜託你們……」

高人可能正在被警方追捕中吧。

虞因沒想到高人居然趁隙跑了，剛剛忘記問虞夏那傢伙的事情。

遲疑之際，對坐的男人居然掏出好幾本存摺放到桌上，「這是我們的存款……」

「這個倒是不用。」虞因連忙擺手。

「……其實……我一直覺得茉茉醒不過來……可能和小陸有關……」男人並沒有把存摺收回，而是自顧自地繼續說下去：「我女兒之前想和那個小男生分手……現在他死了，茉茉魂回不來……一定是那個男的有問題……都死了還不放過我女兒……」

「等，不要突然跳進度。」虞因覺得好像聽到什麼感情案外案，抬手制止對方正要抒發的長篇大論。「你女兒不是和人家交往得好好的嗎？」這是什麼掛掉就感情糾紛的劇情？

「不，其實我女兒……」錢父頓了下，突然睜大雙眼緊緊盯著虞因：「所以你願意幫忙嗎？」

……

……

虞因有點頭痛，有氣無力地說道：「先說看看吧。」都已經一腳下水，好像也不差這個了，畢竟後面還有一連串昏迷女學生，至少得弄清楚她們到底發生什麼事。

「茉茉和小陸其實這兩年經常在鬧分手，她一直打算要分，小陸不願意。」得到機會，錢父飛速說道：「好像是因爲他們總去奇奇怪怪的地方，但賺得多，茉茉有點受不了小陸的優柔寡斷，總說小陸每次都在拖大家後腿。」

這兩年？

虞因狐疑地看著對面人父，「請問他們是什麼時候開始交往？」

「三、四年了吧，他們國中就在一起了。」錢父補上一句：「那幾個小鬼都是。」

不知道該不該驚訝錢父的開放，虞因咳了聲，「也是滿久的。」小孩們開始玩尋寶有段時間了，看來梁進會讓這群人在身邊，除了尋寶遊戲以外，還有他們認識很久、互知根柢的因素。

錢父點點頭，說：「茉茉說她發現自己比較喜歡阿進，至少阿進不會畏首畏尾，而且膽色好、很有擔當，所以想換人。」

「……」虞因慶幸還好才剛剛端水，不然喝下去應該馬上噴出來。他下意識往旁邊看，聿依然面無表情，好像聽到的只是在講今天早餐眞好吃。

不會畏首畏尾嗎？

突然想到老宅那邊感受到的想法，虞因冷漠地喔了聲。

死到臨頭時恐怕還是只有小陸想到她吧，說起來，三死……四死案裡，小陸似乎是死得最乾脆的人，沒有像梁進被割頭，不像佑承活活被撞頭到死，也沒有小三那樣割喉，小陸是直接被刀貫穿心臟，比起其他人，恐怕舒服不少。

這樣看來，凶手的仇恨名單從高至低應該是這麼排列：梁進、佑承、小三、小陸，茉茉則是不明原因被放過了。

坐在旁側的聿敲了敲桌面，發出的聲響讓虞因回過神，並想起另一件事：「對了，這是不是你女兒的東西？」他調出那條斷掉的果凍色手鍊照片，放在錢父面前。

錢父端詳了幾秒，點點頭。「對，這是茉茉的手鍊，好像前幾個月吧，和小陸去買的什麼許願手鍊，花了兩、三千，有算什麼命的樣子，她應該有告訴她媽。」

聿一邊聽著，一邊同步給虞夏等人，讓他們去核對錢母那邊的說法。

提到算命內容，虞因突然想起好像該問看看洪家那邊知不知道洪悅棠許了什麼心願。

錢父又說了一會兒錢苡茉的狀況後，再三強調希望虞因可以走一趟看看他女兒，這才有點不甘不願地離開工作室。

虞因回頭就把這件事情告訴周大師，讓他有空重新去一趟錢家看看，說不定有手鍊相關線索，果不其然又收到大師一堆罵。

錢父離開後，走廊那邊的門被打開，在隔壁看監視的東風回到大廳，自然也清楚聽完剛剛那些交談。

「對了，你那條許願手鍊許了什麼願啊？」虞因看到對方，想起他和林致淵昨天也弄了一條，還沒到手。

「……」東風沉默了兩秒。

「……該不會是世界爆炸吧？」虞因莫名覺得有這個可能。

「並沒有。」東風立刻反駁。「隨便講個東西混過去而已，反正也不準。」

感覺東風似乎不是很想說願望和算命內容，虞因並沒有強迫，畢竟對方的個性就是那樣，「嗯嗯，那如果拿到手鍊眞的有問題你再說。」

「嗯。」

□

原先以爲訂做手鍊要等很久，沒想到錢父來訪的當天傍晚就收到店家快遞。

與此同時，這日休假的虞佟藉由魏旭陽管道的協助，拜訪了小陸的陸家及小三的柯家，兩家人這段時間以來也收拾了心情，雖然依舊悲痛難耐，不過已經恢復正常作息。

兩邊的母親提到孩子不斷抹著眼淚，斷續提供部分資訊。幾個小孩都是國中那時就認識了，當時是同班同學，後來上高中才打散，梁進家裡有錢、爲人高傲，但國中時正好被小陸幫了個忙，所以和小陸交情不錯；小二則是貪小便宜、喜歡抱大腿，因爲拍馬屁的功夫很好，正好對了梁進胃口，不知不覺就跟著梁進一起混。

茉茉是和小陸交往後融入，佑承則是家世不錯，與梁進談得來，所以才混到了一塊。

意外的是，其他幾人家裡不太曉得這些小孩在外面夜遊時幹什麼，小陸的家人反而知道。

「那孩子會把他們探險的影片拿給我們看，因爲有直播賺錢和什麼完成任務的，我們看也不是在做壞事，人多不太危險，就隨他去了，不然小孩叛逆期，就算阻止他他也會逃家。」小陸的家人如此表示，因爲小陸有逃家史，所以家人後來不太阻攔，只要他不要在外面鬧出事、有乖乖回家吃飯睡覺即可，於是小陸和家人關係改善後，反而會主動告知出去時做了哪些事，還曾經滿自豪地說賺了不少錢，買了些小東西給父母姊妹。

事發時魏旭陽那邊的承辦單位也問過這些事情，所以陸家沒有隱瞞，但問到是否有留下相關影片，卻是沒有，小陸的手機與電腦很乾淨，似乎在給家人看完後就把影片刪了，幾個小孩的3C設備都有定期清理、格式化的痕跡，連雲端也沒留下相關記錄，在一般年輕人中屬於相當不太自然的防外流準備。

除此之外，陸家提到小陸似乎在一次尋寶遊戲後心情變得不太好，大約維持了一個多月吧，那段時間小孩幾乎都在家裡，反常地沒有出去亂跑，後來才又陸續與梁進等人出去玩，似乎還和小女友鬧了彆扭。

「約莫是兩年前的事情了。」陸家的人回憶。

另外，陸家的人並不知道茉茉近期正在與小陸鬧分手。

傍晚知道這些事情時，林致淵正好拿著快遞進工作室。

「學長你的手鍊好了。」

幾個人圍上來看東風拆包裹，拆完可愛的外包裝後，裡面躺著一條半透潤的藍色手鍊，手鍊做法與使用的隔珠、小零件，和那些已知的手鍊相似。

「似乎沒什麼特別奇怪的地方。」虞因反覆看了看，看不出來哪裡有問題。手鍊因價格不高，所以用了較低價的不同品石搭配主石，但配置得很好，整體看起來相當漂亮，扣掉這些，並沒有給人任何奇怪的感覺。

盒子裡還有張卡片，與坊間一些祈福首飾差不多，卡片上有須貼身佩戴才會實現願望之類的字樣，還有一段據說會招福的咒語，早中晚須唸誦三次，誠心祈禱自己許下的心願會實現云云。

林致淵和聿輪流接過，同樣沒發現問題。

「……最大的問題在於售價吧。」東風接過手鍊，二話不說套在自己手上，抬頭看見其他幾人露出想阻止的神色，冷笑了聲：「出事的幾人都戴在手上，不戴，買來做什麼。」

「可以交給周大師啊。」虞因很糾結。

「手鍊的售價過低了。」東風沒搭理對方的糾結，轉頭看向聿：「心願手鍊最低價是299，這價位即使石頭再怎麼便宜，加上寄送費、茶點消耗、算命費與訂製費，怎麼算都不合理。」

就算購買方直接到店取貨吧，單獨那起碼半小時的算命費，放在一個有店面的營業店家身上就是不合理，更別說每條手鍊都是個別客製。

並不是每個人都會購買中高價位的品項，那裡是學區，擁進的多是周邊學生，相信賣出最多的還是低價商品。

299一個許願包套，多讓人心動。

「重點是，實現了嗎。」聿突然開口。

那些願望，都實現了嗎？

幾人相互對看，林致淵咳了聲，直接打電話給洪家的大兒子。

這次洪家大兒子很快接起，可能時間剛剛好在他下課後、打工前，可以聽見背景音是餐廳之類的地方，隱約有點餐聲。

林致淵立即詢問對方知不知道洪悅棠當時許願手鍊的心願。

算命內容他們已經知道了，小女生很樸實地算了學業。

「……這個不清楚，棠棠沒提過，問她就說講出來會不靈。」大兒子有點苦惱，不過很快又說道：「但我大概可以猜到一點，棠棠記掛的事情好像就那幾個，可能是希望我爸身體健康、全家發財，一家人搬到別墅之類的，啊，另外還有一個……」

說到這邊，大兒子突然一頓。

「還有一個是什麼？」林致淵莫名感到對方似乎猶豫了。

「是這樣的，我媽過世的時候，棠棠年紀雖然很小，但她記得媽媽很愛她，我媽在世的時候經常帶著她到處玩，睡前還講故事給她聽，她們感情非常好，好到我都覺得我不是她生的那種。」大兒子苦笑了聲：「我妹……以前生日時候許過願，希望媽媽回來看她。我想這個很可能也是她其中一個願望吧。」

瞬間，其他三人看向林致淵。

被盯著看的大學生按著額頭，感覺不太妙。「雖然很失禮，但我可以請教一個問題嗎？」

「嗯？」

吸了口氣，林致淵問道：「你的母親，是不是生病之後，經常在主臥那間浴室嘔吐？」

這次換成電話那端沉默很久。

最終，大兒子顫顫地開口──「你怎麼知道？」

後續林致淵又詢問了幾句，才掛斷通話。

洪悅棠的母親發現癌症時已晚，但其實早有發病症狀，最明顯是後來吃東西很容易嘔吐，伴隨著各種貧血暈眩，原先很福態的一個人因此暴瘦二十多公斤。

洪家大兒子當年已經懂事，所以極爲清楚母親的變化，那段時間一直聽著母親在浴室吐到不行的聲音，眼睜睜看著母親像枯敗的植物一點一滴萎縮下去，母親死後他一直不太敢去主臥，怕觸景傷情，大學才考去外縣市獨立。

但要說母親死後家裡有什麼怪異的事情，大兒子可以肯定地說並沒有，他們家一直都過得很幸福，雖然沒錢，然而按照母親遺言盡力過得很好，直到洪悅棠發生意外。

「虞學長覺得願望是這個嗎？」林致淵看向虞因。

「十之八九吧。」虞因感到頭痛加倍。

他現在覺得整件事越來越混亂了，四死命案到底和這個許願手鍊有什麼屁關係？難道錢苡茉是許願小團隊自爆嗎？

許願手鍊眞的有用嗎？竟然讓洪家的母親又出現在主臥裡？

洪父有注意到嗎？

她們眞的都實現願望了嗎？

「一件一件分開。」聿輕聲開口，打斷虞因變得亂七八糟的思緒。「四死命案、許願手鍊，分開看。」

「嗯，四死命案的凶手只有一個，已知大概死透了。」東風同意聿的觀點，「心願手鍊的製作者還在，他們應該不是同一起事件。」

四死命案和心願手鍊本來就有很巨大的差異性，只要分開獨立看待，一切就會變得簡單許多。

四死命案的凶手是一個，心願手鍊的幕後操作者又是另一個。

「那我們就按照本來的方法分頭追？」林致淵想想，這兩天他們本來就分成兩組各自查探四死案和心願手鍊的事件，現在看來正好適用。

「即使眞有關聯，在找到線索時，交叉的關係點就會出現。」東風扯了扯手腕上的藍色石頭。「所以不用自己錯亂。」

「懂了。」虞因點點頭。

不過現在看起來，要錯亂的大概是周大師了吧。

虞因拿起命運的手機，給大師下了一個洪家的預定單，地點主臥浴室。

那邊大概是罵都懶得罵了，只傳來一張地球爆炸的圖片表示心情。

□

最終周大師選擇先去洪家。

畢竟那裡已經出現異象，加上大師比較不討厭洪家的人，於是果斷前往，據說還帶了個職業的業內友人同行，沒意外的話，很可能會繞過去趙家舊宅看看。

大師說了，那邊再不配合，就讓師兄送祂們一條龍。

什麼東西的一條龍沒說清楚，但大師好像下血本了，看來對接二連三的折香眞的很氣。

「幼稚。」

東風給予兩字評語。

「大師嘴硬心軟啊。」虞因本來以爲周震會因爲不爽懶得管庭園的事，沒想到大師還專程去請人，面惡心善得相當徹底。

晚間留林致淵在工作室吃飯，大學生吃飽便先離開，他們三個則是開始收拾關店。

「你今天也住家裡嗎？」收起手機，虞因看著往樓上走的東風，問道。

「今天不。」東風要回租屋一趟，這兩天雖然事情很多，但還有客戶的成品要交，先前他已經在家裡做好了，放著陰乾，沒問題明天就可以帶過來。

目送人上樓，虞因繼續自己在一樓整理，打開小會客室時只覺得裡面溫度很低，抬頭看見冷氣並沒開，他默默就在內心嘆口氣。

室內燈光閃爍，啪的一聲熄滅後，隱約可以看見小沙發邊角縮著一團黑影。

「哪位？」虞因無奈詢問。

黑影雖然在角落蜷成一團，但明顯有頭，不是深進。

聽見虞因主動詢問後，黑影慢慢轉動了身體，用奇怪的方式在地上趴伏，冰冷的空氣裡傳來很細微的抽泣聲。

沒有踏進小會客室，虞因就站在門邊，看著黑暗那一端的存在，放輕聲音：「祢是……」

嗚嗚嗚……

對不起……

黑影哭泣著，傳遞來痛苦與歉意。

虞因蹲下身仔細打量黑影，突然注意到黑影的胸口處滴落血液，「……小陸？」

對不起……

黑影並沒有回答，只逕自悲傷地哭著。

先前見過幾個攻擊性都不小，虞因沒想到這些人裡有一個會是這種模樣，對於自己被殺雖然很痛苦，但卻出現強烈的歉意？

對凶手的恨意呢？

捏了捏身上的護身符，虞因小心翼翼地挪動進去，對黑影伸出手。

即將觸碰到黑影時，原先趴在地面的黑影突然好像受到什麼可怕的驚嚇，整團彈起，瞬間消失在黑暗裡。

小會客室的門砰的一聲關上。

虞因怔了半秒，立即翻出手機調開手電筒，光亮照在門板上，同時也照出原本應該綁在椅子上、現在卻直挺挺站在門前的黑色人偶裝。

「！」沒想到這東西無聲無息出現在這裡，虞因反射性往後退了好幾步，嵌在人偶裝扭曲面孔上的那雙眼睛緩緩隨著他的動作轉向。

人偶身上再度出現那時在庭園裡露出的憤怒。

「等等，祢……」虞因話還沒說完，人偶突然伸長手，瞬間逼近他面前，用力掐住他的脖子。「！」

連續兩天同部位遭到攻擊，疼痛爆出瞬間虞因一時片刻掙脫不了，人偶裝的力氣異常大，像是憤恨於他又在協助其他人、觸犯禁忌，一整個像是想在這裡活活把他掐死。

感覺好像真的會被捏死的當下，小會客室的門猛地被撞開，有人撲到人偶裝背後用力反扣人偶雙臂，遭到襲擊的黑色人偶腦袋赫然一百八十度轉向後方，發出尖嘯，下秒迎面一桶水潑過來，把那顆恐怖的腦袋潑得滿頭濕。

人偶裝猛地整個扁下去，癱軟成皮。

「咳咳……」得到解放的虞因摀著脖子，趴在旁邊的小沙發咳得不行。

東風放下水桶，連忙檢查虞因的狀況。

「沒、沒事……聿呢……？」恍惚時看見撲上去壓制人偶的是聿，虞因又咳了好幾聲。

被這麼一說東風才發現聿沒從覆蓋下來的人偶裝裡起身，他立即掀開那一大塊黑色布料，下方聿摀著腰側蜷在地上，一拉開手和衣服，略白的腰部皮膚出現一大塊幾乎深黑的瘀青，極為駭人地佔據整個左腹與腰側。

「先別動他。」東風擋住虞因，立刻打了一一九，憂心那處傷點恐怕損及內臟。

「沒事……不嚴重……」聿滿頭冷汗，雖然想起身，但劇痛太強烈，一時之間竟然起不

來。

「別亂動。」虞因將人按在原地，也顧不得自己的狀況了，視線裡瞥見不再動彈的人偶裝時，一股怒氣猛然燃起，不過他沒在兩人面前表現出來，只沙啞地說：「先去醫院檢查……」

聿不再試圖動作，慢慢閉起眼睛，沉默地忍耐疼痛。

救護車來得很快，見到受傷的是兩個人，就把人全都抬走，東風則是聯絡了虞佟等人後，鎖好工作室，才搭上預約的計程車跟著直奔醫院。

計程車上，東風按著手腕的藍色手鍊，內心出現了一片漆黑陰影。

他想起那個算命師的話。

還有一些奇異的影像碎片跟著浮現，很熟悉、很難過，就像他那些偶爾會回憶起來的記憶碎片。

「同學？」

計程車司機見到達目的地後乘客沒有動靜，轉頭一看，發現對方臉色極爲蒼白，想想是急忙趕赴醫院，便將人喊回神，語帶勸慰地說：「放心，不會有事的，放寬心，吉人自有天相，一切都會好起來。」

「……謝謝。」東風付清車費，下車被晚風一吹，整個人清醒不少，剛剛湧現的晦暗再次退去。

抬起手，藍色的手鍊沒有變化。

他冷笑了聲。

□

晚間急診室裡，兩名傷患被醫院通報了惡性傷害事件。

幸好來的員警是認識的人。

虞因喉嚨太痛了，用手機打字勉強交代了下事故，員警則是越看表情越複雜，最後只能自己想辦法掰報告。

原本以爲先來的可能是虞佟，沒想到來的是魔鬼。

「被圍毆的同學，你們現在是買一送一啊。」聽到風聲的嚴司第一時間出現在急診間，手上翻著小孩們的初步診斷，搞得好像他本人是駐院急診醫生似地。

眞正的急診醫生從後抽走板夾，給學弟一個大大的白眼，然後指指躺著的聿。「這個腹部撞傷有點嚴重，內臟部分受傷，幸好重要器官沒有破裂或大出血，今晚先留在這裡觀察。」

醫生賣了嚴司人情替他們調到間臨時雙人病房，在兒科附近，上午病患剛出院，目前無人使用；轉移時有些家屬悄然探出頭，面無表情地看著新病患入住。

很快地，東風和虞佟先後趕到醫院，後者比較匆促，是從外縣市兩名受害者的家驅車趕回，身上還留有一些香灰味。

聽到是人偶裝的問題後，嚴司沒說什麼，只淡聲講了句讓他們好好休息，明天幫他們換個ＶＩＰ病房。

虞佟覺得對方神情有點不太對勁，短暫出病房時要嚴司不要多想，存有惡意並且動手的是那些東西，與人無關。

嚴司聳聳肩。

不知道是受傷疲憊還是用藥關係，聿躺在病床上沒多久就沉沉昏睡過去，沒有平常的三分警戒。

虞因看著熟悉的臉慘白一片，內心滿滿愧疚。「大爸……」

「你只是想幫忙。」虞佟拍拍兒子的頭，在旁邊坐下，低聲安慰道：「你們都只是想幫忙。」

低下頭，虞因陷入沉默。

虞佟見小孩們情緒都不太好，只能多寬慰幾句，悄然安排些人這幾天多留意他們。

夜漸深。

嚴司離開病房打算去弄幾樣住院用品過來時，就看到東風坐在無人的走廊外按手機，身邊有個大袋子，不知道什麼時候跑出去買來各樣物品，雜七雜八地塞滿在裡面。

聽見聲響，東風瞥了眼死對頭。

「動作很快啊。」嚴司在旁邊坐下來，從袋子裡頭拎了瓶水。

「感謝外送員吧。」東風只是下樓去拿而已。

兩人又安靜了半晌。

「屍體是梁進的，他身上還有其他人的血液。」嚴司淡聲開口：「有一個位置相當奇怪，在衣袖反面手肘處，可能是捲起袖子時沾到。」

凶殺發生的時間非常突然且迅速，梁進眼見不對就逃了，不存在捲袖子沾到血的機會，只能是在三死案事發之前。

「另外就和虞因說的一樣，屍體是活生生被鋸下頭部，用了兩種凶器，一開始是鋸刀，後面是斧頭，配合現場一地的防水布，殺梁進是預謀，這個人早就知道他們會來現場，提早布置好地下室，他在追上梁進之後把他打暈捲進防水布弄走，之後在地下室取走頭顱，是一連串有某種目的的做法。」嚴司稍早與負責驗屍的朋友打過招呼，取得初步檢驗結果，「那地方就是第一現場，凶手沒再移動剩下的屍體。」

「……台階那附近的區塊沒有拖曳痕。」東風回想初時的那些照片與警方搜索，如果有拖曳痕，當時搜索範圍就會擴大，但是沒有，魏旭陽看上去是挺謹慎的人，扣除他們隊長可能不負責任早早收隊外，應該是沒有找到移動的痕跡支持他們繼續向下找。

就如同最初的現場勘驗，梁進在逃到一個位點後，和凶手直接消失了。

「凶手如果不是直接扛走梁進，極大機率就是有幫手。」那個幫手雖然沒有參與殺人，卻幫忙弄走昏迷的梁進，並攜帶了某些物品可以遮掩凶手全身的血，使得追查在該處中斷。

「知道了。」東風站起身，「你把東西拿進去吧。」

「去哪裡玩呢？」嚴司瞇起眼。

「錢苡茉一家不是急著想要人出面幫他們嗎，不然女兒就會魂飛魄散。」東風看著手機上的訊息，早先聯絡的人回覆已經到醫院樓下。「就如他們所願去看看。」

無視嚴司的反應，東風把話說完便直接離開走廊，對方也沒有攔他，大概知道攔了會得到一臉化學藥劑噴霧。

打開周震的對話框，老宅那端好像沒找到什麼，不知道是因爲那些東西徹底討厭周震或是同行的師兄比較嚇人，命案現場中，另一種存在消失得很乾淨，他們一個都沒見到，那位師兄只好在那邊簡易設壇，先把庭園裡遊蕩的原住民淨一淨，讓祂們沒事的及早下去。

看來周震帶人過去也有先超渡部分存在的想法。

離開醫院走到停車場，那邊的摩托車旁站著個人正在看著天空發呆，注意到他後就抬手揮揮。

「學長。」林致淵露出微笑。

「不介意？」東風接過對方遞來的安全帽。

不知道什麼時候開始，眼前的大學生也隱隱看得見某些東西，雖然沒有虞因那麼可怕。

把對方找出來去錢苡茉家目的很不純，就是要他代替虞因和周大師走一趟，去見見錢家到底有什麼牛鬼蛇神，很明顯的利用。

「沒關係，事情總是要處理的，而且剛好有藉口把鍋推給副宿。」出門前正在面對宿舍廚房微波爐又一次噴開的事件，林致淵不太想知道又是哪個智障學長在裡面放沒開口的眞空包，就把處理丟給副宿舍長了。「學長找我我很開心，有架我也可以幫忙打。」

喔對了，還有要利用他的武力。

東風默默想著，爬上後座。

「改天請你吃飯。」

「好啊。」

7

零點過後，沉黑的夜開始淅淅瀝瀝地下起小雨。

「幸好我們先過來了。」林致淵翻開有點褪色的窗簾，看著沾黏在窗上的水珠。

錢父得知他們臨時要過來時有點吃驚，但不掩喜色，畢竟女兒魂飛魄散的時間差不多要到了，隨時可能發生，雖然來的不是虞因，他還是非常盡心地招待兩人，甚至在東風提出想要檢查錢苡茉的3C用品時也沒拒絕。

即使這兩夫妻有病，想要救女兒的心意卻極爲眞實。

手機在趙家舊院不見，至今都沒找到，警方只能從家中用品搜索，現在用桌上型電腦的人口減少，不少都以筆電取代，但錢家還是有一台放在客廳；錢苡茉本身用最多的是手機，使用桌機的主要是錢父和錢母，他們在網路上兼賣一些小物，偶爾錢苡茉也會使用，大多是拿來玩一些遊戲。

警方搜索電腦時只有拷走一些使用資料，主機還在原處。

得到許可，東風取出隨身碟插到主機上，裡面是聿製作的一些小程式，排查訊息很好用，還可以順便搜出某些不爲人知的隱藏程式與解析該電腦用過的各種帳號密碼。

東風忙碌的這段期間，林致淵略看了錢苡茉的狀態，難怪錢母會瀕臨理智混亂，錢苡茉消瘦的速度極爲嚇人，幾乎瘦成了皮包骨，如果不是先看過洪悅棠的狀況，他可能也會吃驚到不行。

但兩相比較，後來才昏迷的錢苡茉，消瘦程度卻比洪悅棠更可怕。

錢家同樣仔細照顧昏迷不醒的錢苡茉，兩夫妻輪班加上看護，錢苡茉照樣在短短時間裡耗去身上所有血肉，呼吸已變得很淺，好像全身的皮都貼死在骨頭上，每一次呼吸都要讓那層薄皮盡全力從骨頭離開。

難怪錢母什麼都相信。

錢苡茉的手鍊不在身上，而是間接害死了一個人後斷裂在水溝裡。

所以與貼身佩戴的手鍊無關嗎？

在錢家的屋子裡繞了兩圈，林致淵沒有碰到如洪家那樣怪異的情況，這裡的看護比較陰沉，可能是因爲錢家父母脾性詭異與先前聘請各方大師作法，連帶看護都沉默寡言，幾乎無視來訪的外人，門一關，把自己隔在房間裡，毫無反應。

林致淵回到電腦前，「如何？」

東風微微抬起眼，「不如何，這電腦有格式化重灌過的痕跡。」很巧地，就在錢苡茉出事前不久。

這麼一來就沒有什麼有價值的訊息了，小孩們都有意識地想要清理掉某種蹤跡。

不知道警方那邊有沒有從雲端拿到有用的東西？

林致淵撐在桌邊看了一會兒，關靜音的手機突然震了幾下，他直起身正想去外面回個電話，突然看見桌下多了一隻手。

青灰色的右手不知道什麼時候從主機座底部伸出，無聲搭在電腦椅的滾輪旁，手指慢慢貼上滾輪。

林致淵按住東風正想往前滑的椅子，那隻手同時刷地一下縮回主機架底，示意椅子上的人別動後，他俯下身，看見的是空無一物的狹窄空間，然而再度起身時，猝不及防在主機側板密密麻麻的風扇孔裡面看見一隻紅眼睛。

東風把腳縮到椅子上，雙手抱著腳連同電腦椅被稍微推開，林致淵剛伸出手，那隻眼睛猛地後縮，通風孔裡倏地剩下風扇。他頓了頓，快速拆掉主機殼側板，手機一照，瞬間發現主機內的不對勁。

「這裡有一顆硬碟沒有接線。」林致淵說道。

重新把硬碟接好，東風一看，是顆加密硬碟。

找來錢父，他並不知道這顆硬碟的存在，不過依稀記得女兒和她那群朋友有時候會開電腦打遊戲和做一些線上交易，他見過幾次青少年們自帶外接硬碟，但每個人使用的不太一樣。「有可能是小陸的，小陸比較懂電腦，會拆會修，以前家裡電腦壞掉或升級，茉茉都會叫小陸，其他人只會玩。」

林致淵好說歹說外加保證會請大師來幫忙，好不容易才把這顆硬碟借走。

差不多同時間，虞夏傳來訊息，是詢問錢母關於錢苡茉心願手鍊的事，錢母確實知道錢苡茉許了什麼願望，一個是找到眞愛，一個是快快樂樂活下去。

……

兩個？

東風愣了幾秒，反應過來自己出現盲區，於是立刻詢問錢父：「錢苡茉另一件許願飾品在哪裡？」那家許願飾品從來沒有規定一個人只能購買一條。

「咦？腳上那個嗎？」錢父也有點疑惑，不過帶著訪客掀開女兒被角，乾枯的右腳踝上出現一條細細的銀腳鍊，上頭妝點著與手鍊同色系、同材質的小珠子。

得到錢父許可，東風伸手去摘錢以茉的腳鍊，手剛搭上鍊釦，指尖突然像被什麼輕輕叮了下，轉過手，只見指尖出現一顆小血點，很快就消失。

林致淵這瞬間嗅到極淡的香灰味，與在飾品櫃台聞到的幾乎一樣。

有點疑惑地看著腳鍊，東風再次觸碰，腳鍊突然從鎖頭處鬆脫斷開，掉落在他手上，不曉得是不是多心，那顆裝飾石黯淡許多。

沒想太多，東風要了個夾鏈袋把東西裝起來，準備拿去給周大師過目。

「你們要不要在這裡住一晚？」時間不早，錢父知道他們從外縣市趕來，現在趕回去恐怕都要天亮了，連忙客氣詢問，心裡也存了幾分想要他們留下來幫忙的想法。

「不了，我們還有點事情。」林致淵無所謂騎夜車，反正三不五時出去夜遊，看看窗外雨勢已小很多了，套個雨衣沒太大問題。

東風也想回去試試解開加密，所以兩人直接離開錢家。

一人謹慎雨中趕路，一人不主動說話，就這樣一路沉默地來到東風租屋樓下。

這時小雨又變得細密，被路燈浸染成昏黃色的整條道路水氣氤氳，模糊一片。

「學長你先上去吧。」林致淵把人送進警衛室，盯著人安全走進租屋大樓裡，才準備折返回學校宿舍。

摩托車掉頭時，他似乎在街道盡頭隱隱看見一抹紅色盪過去，像是燈籠。

眨眼即逝，彷彿錯覺。

林致淵甩甩頭，重新看過去時並沒有再看見類似紅燈籠的顏色，於是催了油門朝學校方向而去。

但才剛出街道，他猛地與對向商店下的視線對上。

深夜清晨交會之際，一名理應此時不該出現的百褶裙少女站在超商外，笑吟吟地對他揮手。

接著，是大卡車急猛且刺耳的喇叭聲劃破雨夜。

□

虞因驚醒那刻，窗外一片白亮。

下意識回過頭，赫然看見病床上的聿早就坐起身，靠著枕頭正在看平板，上頭爬滿奇奇怪怪人類看不懂的數據。

他發現這已經不是昨晚的病房，換了一間單人房，且環境看起來還不賴，嚴司可能趁他們都昏睡之際，連夜轉移成ＶＩＰ房，保證實現得非常迅速。

不過現在房內沒有其他人，只有他們兩個，虞因是從一邊的家屬床起身。

「在看什麼？」虞因不知道對方什麼時候清醒的，整顆腦袋鈍鈍地痛，他按著頭殼，湊到一邊。

「加密破解。」聿盯著平板，頭也沒回地將手機遞給對方。

虞因一頭問號地打開手機，本來渾渾噩噩的腦子瞬間被嚇得清醒。「你們又去偷……人家那個了？」

眼前滿滿都是聊天截圖，仔細一看，居然是錢母與「高人」的對話。

「東風去了錢家，電腦裡有登入即時通訊的記錄，拿到帳密。」其實也不是沒有收穫，錢父錢母的雲聊大一籮筐，很輕易就找到「高人」煽動錢母找人的過程，有意思的是，找虞因等人這件事卻是「高人」助理幹的；「高人」因為自身實力不夠推鍋錢家找其他大師幫忙，助理則是私下告訴錢母關於某個都市傳說的事情，並各種誇大到這些天生有法力的人原本就是為了眾生而來，如果不施以援手就是失德、無情無義漠視蒼生，連老天都要處罰他們，世人也容不下這些應該為老天辦事的人，而高人在錢母詢問相關事宜時，偶爾隨口推波助瀾幾句。

內容極其離譜，虞因看著看著就被氣笑了，「這個人和我們有仇嗎？」靠杯難怪錢母是那種態度，這助理反覆洗腦啊！他都快覺得他是不是某天開車撞過這位助理了。

「說不定。」聿可不能保證過往被他們送去籠子裡的傢伙們有沒有衍生其他仇恨分支，那助理在協助高人逃跑後，一起逃得不見蹤影。看來警方先前會這麼乾脆逮下「高人」，應該是因為報案調查後從手機拿到了這些對話，畢竟算算時間，錢母的蓄意傷人大致就是受其影響。

虞因靠在一邊看了半晌對話記錄，一臉無言，認為大清早不要看髒東西，先暫時放下手機，決定去帶個早餐……聿腹部受傷待會還有排檢查，應該不能吃東西。

正這麼想時，病房門被敲了兩下，旋即有人推門而入。

「……？早上六點？」東風沒想到看見兩個傷患都已清醒，一個正在看他半夜寄過來的破解記錄，一個顯然剛剛也在用手機看東西，這是要一起傷病加重過勞的意思嗎？

「沒睡？」聿坦然反問對方，眼前這位昨天拿到硬碟之後就開始破解，解譯花了不少時間，早晨五點多寄來的過程檔案，應是要他看看接下來要怎麼進行，但從時間點看來，這位是徹夜沒睡。

虞因看了看左邊又看了看右邊，感覺兩個小的似乎半斤八兩，但他不敢說出來，不然等等矛頭會統一指向他。

就是怕這兩人不好好休息，所以東風昨夜回來沒有第一時間將遇到的事情告知兩人，檔案也是早上才傳，沒想到他們醒得比自己預估的早。

拉來椅子，東風簡單描述昨天在錢家的事情，然後取出夾鏈袋，預防萬一，夾鏈袋有兩層，外層是大師之前給他們的平安符。

虞因接過腳鍊，暫時沒從上面看出什麼不妥。「對了，我想想，覺得有件事情怪怪的。」把腳鍊放在一邊桌上，他提出這兩天不愉快的體驗，「我感覺這幾次下來，每次那個凶手出現和抓狂時，好像都是因爲兩邊『人』遇在一起。」

回憶一下大黑影每次冒出來並出現強烈攻擊性時，似乎都是因爲周邊有受害者，由此往回推，最早大黑影出現在工作室外面時，是因爲洪父帶著「阿進信箱」寄出的第三段影片給他們。

「祂……有可能不是想求助。」虞因突然覺得大師的話在某方面來說恐怕是對的，而且早在趙家舊院時就已相當明顯。

「阻止你接觸、進一步幫助受害四人。」加上昨晚那場突如其來的攻擊，東風不難猜出虞因的想法。這麼一來就是：受害那群青少年想接觸他們，而凶手正在妨礙祂們，並且在虞因出現援助行動時，產生敵對與憤怒。

這麼一來就麻煩了，想要從受害者那裡取得異界的情報很容易遭受像昨晚那樣的強烈反撲。

那麼之所以在錢家可以順利取得硬碟，是因爲躲在那裡的存在很小心，還是因爲不久前大黑影遭到淨水攻擊，受到某程度的衝擊或創傷，一時之間沒能跟上目標飄？

聿頓了頓，皺眉轉向虞因。

「呃，我盡量不去碰。」虞因知道危險係數直線上升，這次還害聿受傷不輕，他也產生是否要繼續幫忙的想法。

「沒有盡量，不要再碰了。」東風不客氣地說道。

無論如何，受害者一行人恐怕也不是什麼善類，必定有個很嚴重的原因才會招惹凶手如此痛恨。

他將帶來的筆電與昨天拿到的硬碟放到聿旁邊，硬碟解析得七七八八了，只剩一小部分，他在這方面到底還是比聿差一點，所以讓對方確認比較保險。

虞因聳聳肩，意識到手上還拿著夾鏈袋，剛剛在講話時還下意識轉動了幾下。

差不多同時間，病房門又被推開。

「咦？都在？」

玖深探頭，沒想到幾個小孩全在病房裡，「佟說只有小聿和阿因。」

「東風剛來。」虞因見對方提著大包小包，連忙讓開位置讓人擺放到桌面。「玖深哥你怎麼這麼早？」

「我今天放假。」玖深甩甩手，剛有個提袋的帶子捲住手指，有點痛。「本來想晚點過來，正好看見佟在線，問了狀況，想說提早過來幫你們帶點吃的。」

提早……提早早上六點多這種早嗎？

虞因看著訪客，不得不說還是揪感心。

玖深從嚴司那邊聽來狀況，大包小包裡的即用熱食佔比較少，有一些是保溫壺，準備在聿檢查後可以吃的時候再開。

聿不介意一行人在這邊吃早餐，沒提出反對。

「我買了魚粥、三明治、豆漿、米漿，還有我們那邊很有名的飯糰、米苔目湯，阿因和東風先吃點吧。」玖深招呼兩個小的先開動，視線則是停在剛剛就有點在意的桌面物件上。

「這是什麼？」

虞因跟著看過去，是錢苡茉的腳鍊，起身的時候隨手放上去的，於是如實告訴對方。

玖深知道昏迷傳說，下意識手抖了抖，加上這東西上面還跟著一個平安符，他其實很不想去碰，然而某方面來說大概也算證物，他硬著頭皮用兩根手指尖提起夾鏈袋一角，「這個腳鍊好像有點問題啊？」

原本正在拆早餐的兩人外加病床上一人，總共三人、六雙眼睛幾乎同步轉向瑟瑟發抖的鑑識人員。

玖深在其他人的目光夾擊下，從隨身包裡翻出紫外線手電筒，被異色光源覆蓋的小小珠子上出現了細細的奇怪紋路。

並非天然紋路，而是隱隱某種人造形狀的圖紋，因爲太過細小，在珠子上幾乎糊成一團。

虞因放下三明治，連忙用手機連續拍攝幾張照片，將其放大後，確實是一個疑似宗教符號的圖紋，不曉得爲什麼，竟然還有點眼熟。「東風，你的……」

東風脫下手上的手鍊遞給玖深，意外的是手鍊並沒有相似的加工痕跡，眞的就是條單純的手鍊。

「我先帶回實驗室？」玖深收起手電筒，微微蹙眉。疑似錢苡茉的手鍊在排水溝裡被發

現，但只是作爲溺死案的證物被收走，按排程，恐怕那邊的鑑識還沒有仔細查驗手鍊。

「啊這個，晚點要先給周大師……」

虞因的話還沒說完，玖深整個人一僵，夾鏈袋從他手上掉下來，被虞因搶先一步接住。後知後覺想起來錢苡茉那邊鬧出的「離魂」事件，玖深連忙往後退好幾步，背貼到病房牆上，如臨大敵般盯著夾鏈袋。

虞因只好拿著夾鏈袋到病房的小房間——是的，這間ＶＩＰ房竟然有家屬休息用小房間，裡面有張單人床，比外面的陪伴小床看起來更舒適。

暫時先將夾鏈袋放在小房間裡，虞因關上房門。

聿瞄了眼床邊的硬碟，決定不要告訴訪客還有個阿飄送過來的硬碟。

玖深拉過椅子，慢慢地挪到離小房間最遠的位置，才小心翼翼坐下。

一旁的東風毫無波瀾地撕開米漿封膜，小口喝起來。

大清早遭到心靈攻擊，玖深抹抹臉，決定轉移話題，「聿在看什麼？」

已經破解完硬碟的聿正好打開滿滿的檔案夾，裡面全是影音檔，數量之多，頁面下拉竟然一時拉不到盡頭。

順手點開其中一個，滿臉是血的猙獰面孔直接撞在鏡頭上。

玖深：「……」

啊啊啊啊啊啊啊啊！

□

好不容易安撫好大清早就嚇得夠嗆的訪客，並且向來請人不要大清早鬼吼鬼叫的護理師道歉，影片才得以進行下去。

事實證明玖深嚇早了。

詭異的臉幾秒後從鏡頭移開，發出嘻嘻哈哈的笑聲，仔細辨認這個人覆滿紅色液體的面孔輪廓，依稀可以看出來，是身爲死者的小三，眞名爲柯緯山。

「這個應該可以嚇死那票人。」佑承舉著鏡頭轉了一圈拍攝，周邊幾人紛紛入鏡，都是熟面孔，唯獨缺了一個祥哥。

聿看看檔案標註的時間，兩年多前，這時候祥哥可能還未和他們混在一起，小孩們看上去都稚嫩不少。

背景時間是晚上，由幾人打鬧得知，他們這時候好像也是在進行夜間探險，很不巧的是，原先預計要攻克的探險地另外一端出現其他人，是來遊玩的大學生們，佑承很缺德地出了個點子——「裝鬼嚇跑對方」，順便收獲一波直播獎賞。

「不太好吧，等等把人嚇出事。」小陸當年的模樣還很單純，不染不燙，衣服也很整潔。

「他們大我們那麼多歲，嚇到是他們自己沒種。」阿進冷漠的聲音從旁邊傳來。

「對啊，你怕什麼。」錢苡茉湊過來，抱著小陸的手臂，嘲諷地笑著：「嚇也是他們嚇死，沒種的人半夜出來玩屁玩，小三、佑承快去搞他們，不要讓他們搶地盤。」

「好！讓他們看看本大爺的演技！」

影片視角接下來開始躲躲藏藏，爲了要忠實拍下大學生們的反應，佑承非常小心躲到最近的位置，將鏡頭悄悄對著正在打鬧的五、六個人。

這時小三已先潛入他們必經之地藏身，等到那群大學生路過、即將離開，他無聲地跟上去，並且在暗處拽住裡頭唯一女生的腳踝。

後面有十多秒全是尖叫與驚慌逃竄的聲響。

小三仗著身形比較小，在那群人被嚇得跑開時躲進樹叢裡，很狡猾地換了位置，等大學生們戰戰兢兢轉移手電筒確認，「不經意」地從樹後露出半張臉，瞬間又消失在樹後。

遭到驚嚇的大學生們找不到遁走的小三，很快打了退堂鼓，影片後段全是青少年們用各種嘲諷話語描述那些大學生的醜態。

聿關掉影片，隨意點了另外幾個檔案，類似這種裝鬼嚇人的影片又陸續出現幾次，顯然青少年們食髓知味，開始拍攝一些嚇人的橋段，很大機率應該是佑承須要直播的原因。

「媽啊，一群死小孩。」玖深知道有段時間網路影片很多喜歡拍攝裝鬼嚇人的恐怖惡作劇，那陣子阿柳一直恐嚇他可能走在路上會遇到，他還嘴硬說都是國外居多，他們這邊平常應該沒有人這麼白目，沒想到還真的有可能隨便就遇到。

現在的屁孩腦子裡到底都裝什麼東西！

不能考慮一下用路人的安全嗎！

若與影片中那些被嚇得屁滾尿流的人對調身分，玖深覺得自己可能當場會被嚇得心臟病突發。

東風有點同情地看著膽小但經常深夜才下班的人，思考要不要分他一份化學大禮包護身。

「唔，這麼看起來其實他們是裝鬼慣犯嘛。」虞因突然不意外唐佑承去搞來布偶裝的手段了，都裝神弄鬼這麼久，這才是常態。

聿再度點開一段影片，這次是兩、三個人湊在一起，佑承並沒有在自拍，影片顯然是其他人拍攝，一開始是推門進來，然後停住。

「你們在幹什麼？」小陸的聲音從畫面外傳來。

「拍什麼？」阿進抬起頭，不帶善意的眼睛危險瞇起。

「別搞別搞。」小三連忙靠過來，把小陸手上的鏡頭遮掉。

這段影片非常短，時間在半年前。

玖深皺眉靠近重放影片，隨即定格放大，三人圍在一起的桌上有幾個小夾鏈袋，裡面裝著長得像琥珀糖般的小東西，大約都一至兩公分大小，有花瓣薄片狀也有彩透顆粒狀，顏色花花彩彩的很漂亮。他沒想到會在這裡看見這些，感覺相當不妙，「寶石？」

「毒品？」聿反應過來。

先前有案子涉及新型毒品，他和東風幫忙破解販毒暗語時，在不同檔案裡看過這個名字。

「寶石」，新型毒品，外形做得極美，純度高，價格高，藥效異常快速，會令人長時間保持高度亢奮，一般下游拿不到，專提供給上流階級使用，多出現在一些富二代的派對上，組毒那邊只抄到過一次，剩下的是在那些富二代手機中、荒唐的影片裡看到，至今還不知道這東西的源頭；因爲長得與琥珀糖很像，爲了討好高級用戶，顏色和設計的外形模樣不少，據說口感與味道也很好，倒在盤子裡非常像各式各樣的寶石，極爲迷人，因此得名。

在場的青少年們全都不像可以拿到這些東西的身分，更別說那夾鏈袋有好幾個，裝盛的量所需的金錢，根本高到無法讓他們拿在手上當玩具。

「我覺得應該是。」玖深仔細檢視影片裡的「糖」，越看越覺得像是傳說中的二級毒品。

這個新型毒品最可怕的是代謝速度比傳統毒品快很多，依賴性與上癮速度倍增，用完後精神好到可怕，有些二代還聲稱兩、三天不睡覺都沒事，服用後會有詭異的幸福感與無懼感；緝毒中心發現之後非常焦慮，當時還在慶幸因爲價格太昂貴了，沒有普及，現在看起來他們高興得太早，畢竟高中生都弄到手了，不管從什麼管道。

「他們的屍體有毒品反應嗎？」東風問道。

「沒有。」玖深搖搖頭，最先發現的死亡三人身上確定都沒有毒品反應。

「可能只是看看？」虞因聽完毒品介紹停頓了兩秒，猛地意識到其實有個人有毒品反應——凶手。「所謂高度亢奮有具體的描述嗎？」

有種超級不好的預感，該不會毒品是凶手拿給青少年們的吧。

「之前緝毒現場捕獲的那群富二代出現了強烈反抗及攻擊的舉動，並且不怕痛。」玖深當時有被借調去現場採證，與其他同僚差不多搜了整整兩天，印象有點深。「被拖到警局時，有個人發瘋撞破玻璃，滿身血還一直狂笑，隔天他藥勁過去後才開始有痛感。」在醫院哀號到好像全身皮都被剝掉一樣。

虞因倒吸了口氣。

所以凶手連續殺了三個人，無視自己身體狀態，是因爲沒有痛感，直到把梁進弄死後，凶手才因不明原因死亡。

最初凶手確實有感覺到窒息和痛苦，不是百分百健康強壯地去殺人。「也會無視缺氧嗎？」

玖深疑惑地看著虞因：「這個不知道，富二代還沒人吸毒後把自己弄缺氧。」至少他們所知的範圍沒有，當然不排除沒被發現的地方有人嗑藥後玩窒息遊戲。

影片檔太多，要一個個看過可能要很久。

出現疑似新型毒品，玖深在聿將硬碟內容備份進筆電後，開口借了硬碟，大概還要走一趟緝毒中心，他都可以預見那裡的人會出現什麼震動抓狂的表情。

東風等到檔案拷好，秒沒收筆電，居高臨下地看著待會兒要去檢查的聿：「這是我的專長。你，繼續休息。」

看影片確實是對方更快，聿想了想，沒有去搶，乖乖地靠著枕頭半躺下來，一直維持坐著的姿勢，腹部有點痛。

扣除目前蹲院兩人組之外，玖深要回局裡一趟，東風顯然也沒打算繼續陪床。

「你們先去忙吧，我照顧聿就夠了。」虞因揮揮手，他今天狀況還行，「啊對了，工作室那個人偶裝……」

被東風潑了半桶淨水的人偶裝不知道什麼緣故，好像死得不能再死。他們忘記告知楊德丞這件事，上午過去拿東西的楊德丞以爲小孩們不曉得又在弄什麼奇奇怪怪的東西，把丟在地上的人偶裝收拾了一番，處理好後放進收納箱，看見訊息時虞因爆出一頭冷汗。

幸好人偶裝沒再跳起。

而潑出去的淨水把大師給他們的庫存都用光了，不管是新的還是舊的，可預測大師知道後應該會高度暴躁。

「總之小心點。」

□

東風被玖深載了一程回到工作室。

先去倉庫看了眼，果然如楊德丞所說，黑色人偶裝被清潔摺疊好在收納箱裡，此時靜靜地躺在小倉庫中。

他想了想，拿封箱膠帶把收納箱捆好，順便把虞因放在抽屜備用的佛珠也貼上去，做好一輪「封印」之後，才往自己的工作間走去。

影片雖然不少，但勤奮點應該今日就可以觀畢。

林致淵不曉得是不是在睡覺，昨晚送他回家後就沒有回應，倒是嚴司十分鐘前在群組裡上傳大量檔案——這個人不知道又是怎麼和魏旭陽搭上關係，短短半天就加了好友，連案件相關資訊都一併給他。

比較重要的有兩個新進展，一是梁進的屍體有很微弱的毒品反應，是不是新型毒品「寶石」還有待確認，另一件是梁進陳屍地點的防水布被抽了一層，真正命案時墊用的那層防水布消失了，恐怕是凶手行凶後為了不洩露行跡一併帶走。

然而這些都只是附帶的第二問題。

主要的問題在於——

爲什麼是斷頭？

凶手針對的人是梁進，對他做出的處決是斬首。

那麼，爲什麼？

東風看著群組討論，顯然其他人也注意到這點，虞佟、虞夏和魏旭陽開始進行梁進周遭所有人的新一波調查，連嚴司都幫忙尋找類似的死亡記錄。

應該很快就會有消息了吧。

戳開幾支影片，東風同步看起那些亂七八糟的屁孩遊玩記錄。

但顯然今天不會讓他如此順利，幾段影片開始不到兩分鐘，室內電話響了，上面跳出的是錢父的手機號碼。

東風無言地看著沒打算停下來的電話，認眞思考這家人是不是特別喜歡找事。

不過這次好像不是沒事找事，點下擴音後，電話那端傳來錢父很著急的聲音：「你們、你們做了什麼？」

「啥？」東風歪過頭。

「茉茉、茉茉有反應了。」錢父嚷了幾句後，啪地又把通話掛掉。

有反應了？

腳鍊的話，現在正在自己的側包裡，已經與周震聯絡過，打算下午要給上門的大師與他請來的師兄看看。

不論錢苡茉有什麼反應，應該都與他們無關……吧？

若是取下腳鍊就能甦醒，那麼其他昏迷者早就有動靜了，可見關鍵並非取走飾品。況且錢苡茉也不是醒來，說不定只是肌肉反射被誤以爲有反應。

東風反手把這件事打進群組，順便告知周震，對方很快發來一連串問號，連帶詢問他們昨晚到底幹了什麼。

實際上做了什麼不曉得，這個只能等大師自己確認。

讀完現有的新進展，東風呼了口氣，準備繼續大量影片之旅。

然而播放鍵還未按下，他眼尖地看見螢幕上的倒影——懸掛在他工作間後方牆壁上的黑色影子，伴隨著一樓傳來某種很沉悶的聲響。

強烈的視線感從腦後傳來。

「……我其實，很不解爲什麼『你』到現在還在遮掩眞相。」

東風沒有回頭，只輕輕地點了一樓的監視器，不出所料，果然沒有入侵者的影子，連雜物間裡都沒有，但放置人偶裝的收納箱位移了。

他將畫面跳回原本的影片播放，倒影裡的黑影已經站在他身後。

「你已經殺掉了你憎恨的人，還付出了很糟糕的代價。」

「如果是他們的錯，那麼眞相應該被揭露。」

「你對他們的復仇，應該與我們找出眞相無關，畢竟我們干預不了你那個世界，不管再怎樣挖掘，那些人都已經死了，不是嗎？」

螢幕畫面啪的一聲跳黑，當機重啓的藍屏跳出一個一個字——

他們，必須被懲罰。

一切都有連繫。

這是他們的交換。

禁止插手，是保護你們。

禁止插手，是你們不須要知道。

死了，不是終結。

只是開始。

8

斷首相關事件的查找，原本以爲需要花點時間與工夫。

然而查出的結果與速度比所有人預料的都快，幾乎當天中午就得到重點情報。

主要是這件事也登錄在案、上過新聞，三死案幾個核心人士背景一調就找到了，並且時間不算太久，從現在回推，也不過是兩年多前的一次意外事故。

洪祥駿的母親死於兩年前。

就外人眼中看來，那僅僅是一場夜歸發生的不幸意外，因爲該路段位置偏僻，加上監視器毀損，所以無法釐清當晚事故眞相。

洪家夫妻離異得早，洪祥駿隨母姓，弟弟隨父姓，但因爲母親經濟相較拮据，加上與丈夫分手也只是因爲個性不合、並沒有什麼深仇大恨，可說是非常和平地分離，所以洪祥駿基本上時常與父親、弟弟同住，兩邊不時會約出來吃飯聚餐。

後來，父親病死了，原本持有的房屋也因治病變賣，所剩的錢不多，甚至連兄弟倆未來的學費都不夠。

洪母四處兼職養育兩兄弟，這家人的負擔直到洪祥駿也開始有工作後才稍稍減輕。

然後是兩年多前，洪母深夜一點從工作的火鍋店下班時在路上出車禍，就當時肇事大卡車司機證言，他發現時車已經輾過洪母，倒楣的中年婦女被捲入車底，當場屍首分離，頭顱整個破裂，幾乎看不出原樣。

這是唯一一件與這群青少年們有點關係的斷首事件，關聯者是失蹤的洪祥駿，死者的大兒子。

「連繫嗎。」

虞夏心裡有點複雜。

因爲案件與攻擊虞因的錢家有關聯，加上一連串下來林林總總的事件，終於讓他申請到承辦單位走一趟，魏旭陽頂上的隊長看起來並不怎麼歡迎外人，不過倒也沒有特別爲難。

總不可能當時開卡車的是梁進或梁進背後家族的員工吧。

況且，又干其他人什麼事。

不過這也已經足以讓失蹤的洪祥駿成爲最大嫌疑人，雖然他很可能也不在世上了。

「嗯，洪祥駿現在是最大嫌疑人。」魏旭陽一確認這件事，就去請洪祥駿的弟弟走一趟，對方這時間點原本在高中上課，接到通知沒什麼特別反應或牴觸，直接請假就過來了，虞夏正好碰上對方在這邊接受詢問。

與哥哥不同，洪祥駿的弟弟外表看起來非常乖巧，是個制服穿得很整潔的男孩子，可以從清洗得很乾淨但卻有點舊的書包、鞋子看得出小孩確實經濟不太好，手機也是辦基礎、最便宜門號送的廉價手機。

就如先前調查家屬時所知的，阿姨並沒有非常盡職照顧小孩，大多時間都是弟弟照顧自己，因爲阿姨家的經濟也較爲弱勢，爲了不讓親戚有太多閒話，弟弟住在阿姨家的房間是按月付含水電費的租金。偶爾洪祥駿發薪時會塞個幾千給他，加上一些單位的補助、獎學金，這些錢都被小孩存起來；扣除房租與學校雜費，高二的大男孩一個月的三餐加生活費竟然僅花不到一千五。

現在這個高二生就坐在警局裡，神色鎮定地接受詢問。

「姓名，楊予耀。」

「事發之後，沒有見過我哥。」

在校成績一直沒掉出前三名的男孩淡漠地說：「我哥失蹤之後，警察很常在阿姨家附近巡邏，如果有什麼異狀你們應該早就發現了吧。」

三死案發生後，當時失蹤兩人都有犯案嫌疑，所以警方一直監視著相關家屬，確實沒有發現家屬周遭有不明人士靠近過。

「我媽死的事情，不是意外嗎？」

男孩很冷淡地嗤笑了聲：「即使我哥一直堅持不是意外，但警方最後還是給出意外的說法，你們說我媽可能是因爲跑到路中間，一時沒有注意到後方來車才造成慘案。」

「可是，肇事司機不是一直強調他沒有看見我媽？他很無辜，我媽也很無辜，但爲什麼我媽必須死？你們沒找到監視畫面，大卡車的行車記錄也壞了，什麼都沒有就信誓旦旦定義我媽的死，現在又重提這件事情？」

因爲母親的意外，男孩對於警方有遮掩不住的敵意。

「我沒有其他可以告訴你們的，我哥失蹤後我再也沒見過他，梁進等人是誰不認識。」

虞夏站在外頭聽著裡面冰冷的對話，與滿臉無奈地魏旭陽互換了一眼。

「都沒有畫面是怎麼回事？」小孩看起來不是普通討厭警察，明顯是因為母親死亡的案件。

「……那路段太偏僻了，本來安裝的監視器就少。」魏旭陽嘆口氣，說道：「加上經常有人在那邊飆車，裝的兩、三支監視器都被打壞了，相關單位一直沒去處理，肇事車輛的行車記錄器出問題沒有畫面，導致這起事故沒有任何的影像證據。」

唯一可支持意外說法的是大卡車的煞車痕，車輛直接在路中間急煞，由此可知當時死者出現在路中，司機發現時已經將人輾過去。

「司機很可能是真的沒看見，因為死者不是被撞倒，而是本來就坐或趴在馬路上遭輾斃。」站著被撞擊與坐倒在地面被輾過去的傷勢不同，這點在驗屍後也可以證實。「比較奇怪的是，死者原本應該是騎機車路過那裡，但現場的機車卻是停在路邊，與死者陳屍處有點距離，當初推測可能是有物件掉落，死者停車去撿拾才釀成悲劇。」

「借來看看。」虞夏總覺得好像有點奇怪，向對方商借了當年事故調查。

當時的承辦員警都還在單位上，案件關聯產生後魏旭陽已經找出當時的調查報告，並向承辦同僚另外借了筆記。

事發路段兩側沒有住家，一邊是田地，一邊是用鐵皮圍起來的墳地，鐵皮上還寫著禁止進入之類的字樣。

「那塊地連同對面的田當時變更項目預計要整合蓋工廠，原本是墳場，用了好幾年遷移墓地，才把有名無名的都遷乾淨。」魏旭陽解釋道：「墳場遷移後要整地養地，因爲當地人不會去裡頭，半夜就常有飆車族跑去放鞭炮和喝酒，還有吸毒犯躲進去吸東西，地主擔心出事，早早就圍起來。」

從照片看上去，顯然這層鐵皮也阻擋不了有心人士，有部分下方被破壞，凹出可以供人通行的弧度。

承辦員警的筆記上寫著：一側爲舊墳場，詢問當地人時，有些人認爲死者被髒東西牽走。

照片上，機車位置確實距離死者出事地點有點距離，看起來死者就是在田的那側停好機車之後走到路中間。

警方到場時機車還在發動狀態，明顯死者並沒有打算停留太久。

快速瀏覽相關檔案，虞夏想了想，問道：「死者下班之後一路上的道路監視畫面有保留嗎？」案發路段的全失，那之前呢？

「都還在，等等可以過去看。」魏旭陽在那些影片裡沒看出任何問題，死者那天確實就只是和平常一樣下班，完全沒有異狀，誰能想到原本尋常的一日會終止得如此慘烈。

兩人交談之際，楊予耀那端的詢問也結束了，男孩在員警的陪伴下走出來。

看見魏旭陽時，男孩微微一頓，有點客氣地扯扯唇弄出個微笑，很有禮貌地行了禮，之後才隨員警離開。

「好像對你不同？」虞夏注意到小孩面對魏旭陽時沒有那麼敵視。

「我也不曉得。」魏旭陽不清楚原因，但事發到現在，小朋友的確對他臉色比較好，不知道是不是因爲他當年跑過幾次那起車禍的事。當時他也覺得這起車禍有點慘，所以向負責同事借了資料，趁休假時去那邊走動兩次，正好有一次碰見小孩在那邊放花，聊了兩句，此外便沒有其他交集，直到這次事件。

虞夏嗯了聲，又翻了翻手邊檔案，突然想到一件事：「肇事司機呢？」

肇事司機沒有妻小，名下只有一處正在分期付款的房產。

事發後，賣掉房屋，賠了兩兄弟八十多萬，人現在住在親戚提供的屋裡，平常跑工地打零工。

……正確來說，應該是一個倉庫後頭另外隔出來的空間，倉庫租給企業停放大型機台，平常不太有人出入，後方的備用空地擺設改裝貨櫃屋。

魏旭陽調查賠償金，才發現八十多萬竟然都轉進洪祥駿的帳戶，楊予耀在帳面上沒有分到錢，兩年下來，洪祥駿陸陸續續花用這筆錢，現在戶頭裡已剩不多，弟弟平常省吃儉用存起來的反而還比較多。

虞夏和魏旭陽按照地址來到貨櫃屋前時，臉色同時一變。

雖然遇害時間可能已過很久，但殘留的氣味欺騙不了人，大約是因爲這裡平日沒有人來，機台出入也都是從正前方的大門口，所以遲遲沒被報案。

下午時分，拉起封鎖線的貨櫃屋裡起出一具腐爛已久的男性無頭屍體。

這具屍體的死亡時間更早，三、四個月跑不掉。

事已至此，很難排除洪祥駿的嫌疑了，或者說他就是凶手的機率差不多高達九成。

貨櫃屋內沒有打鬥痕跡，桌面上有幾瓶開過的啤酒罐與下酒菜，看來屬熟人犯案。

屍體是死後被分離首級，致命傷在胸口幾刀，下手的人相當狠戾，毫無預警地正面直接給死者心臟一刀，然後再補幾刀。

下手的方式與三死案吻合。

□

貨櫃屋被發現的下午時分，工作室這端也迎來周震的拜訪。

大師在來之前去了一趟錢家確認錢苡茉的確對外界有反應，不是肌肉反射，錢父說話時少女的手指會相應動彈，只是無法醒來，彷彿被卡在夢境裡，離清醒差了臨門一腳。

相偕而來的是一位光頭的師父，據說是山上那家寺裡沒事經常收集露水、也就是被拿去潑的淨水最大的貢獻者。

師父看上去高高瘦瘦、面目清秀，穿著一身素雅禪衣，渾身充滿某種沉靜的奇妙氣質，外表看起來比周震年輕一點，卻被對方稱爲師兄。

「三小孩裡其中一個。」周震向友人介紹東風，用詞不知道是想罵人還是眞的單純介紹，反正在被介紹者耳裡聽起來就是怪怪的。

隨後周震知道淨水被潑光了，勃然大怒。「你們三個下次自己給我上山去收！馬的是不是沒有在山溝裡面滾過不知道收集淨水的痛苦！」竟然拿來潑，到底是多討債才這樣浪費淨水！

東風無言地看著抓狂的大師，「你摔過山溝嗎？」聽起來滾的好像就是他本人。

師父抬起手略遮了下嘴，咳了聲，不太好意思笑出來。

「滾！滾滾滾！」周震超氣，因爲不想繼續會讓他腦中風的話題，他乾脆直指問題：「腳鍊呢？」

把人帶進大廳，交出腳鍊，東風難得動手替客人泡上一壺茶，用的是聿珍藏在上層的茶葉。

這兩天聿不在，無法奢望有什麼新鮮的蛋糕餅乾，想想就去挖無奶的水果雪酪，無蛋無鮮奶油應該可以吃，另外再切一點小農配送的水果。

師父借了個小碟子，把腳鍊從夾鏈袋倒出來放在碟子裡，對照手邊列印出來的放大圖片。

既然都要給專業人士，東風把茶和點心供完，進去將被封印的收納箱推出來。

周震看著收納箱頓了幾秒，默默地取出張三角黃紙拍在上頭。「東西被『用過』會比較招陰，這兩天中午有空拿去大太陽底下曝曬。」

「喔。」東風點點頭，預計明天拖出去曬。這東西畢竟還是要還給原主人，附帶土產也不太好。

半晌後，專心研究的師父抬起頭，眉間有點微皺。「換命符。」

「眞的嗎？」周震意識到內容的嚴重性，本就嚴肅的臉變得更嚴肅，「怎麼之前都沒看出來？」

「上面有被遮掩的痕跡，可能是因爲前面的幾位中有人動了手腳。」師父拿起腳鍊，拇指在珠子上抹了抹，轉手向上的指腹出現黑黏的不明物質與一絲邊溢的腥味。

周震想起錢家先前請過太多亂七八糟的「高人」，導致屋內氣很亂，所以他沒有看出所以然的事。

師父想了想，目光落在東風手上那串藍色的手鍊。「請。」

東風把手鍊解下來遞給對方，後者又陷入專注，一顆顆很仔細地檢視。

差不多這時，群組傳來貨櫃屋事件的消息。

「又什麼屁事？」周震喝著茶，看向小孩的表情越來越詭異。

快速閱覽完，東風低聲把洪祥駿母親的事故與貨櫃屋發現屍體的事簡略地告訴對方。

「……冤冤相報何時了。」大師搖搖頭，不由得感嘆。

「不報不能消。」東風隨便講了句。

「接屁接。」周震眞想給死小孩一記腦巴掌。

「換命符和許願有關對吧。」把玩著手上的茶杯，東風從名字大致可猜到用處，畢竟洪悅棠家裡的異狀就擺在那裡。

顯然是這些女孩許了願之後，作爲代價，就是部分或者全部生命了，基於到目前爲止好像還未有人死亡，可能是部分。

「對，換命符種類很多，按照各地區的手法，用途不同，比較多是交換運勢、替命之類的，但有一種是作爲『酬勞交易』使用。」說到正題，周震微瞇起眼。「比如雙方合意，我完成你的願望，你拿你的壽命來換，明顯這裡的用法就是這樣。」

「洪悅棠眞正的願望，是用自己的命交換母親回來嗎？」東風支著下頷，接著猛然想起算命時，女算命師的確有說出過類似的話語。

——只要妳願意，妳能夠以那些星光作爲代價破除過去，交換更美好的人生。

「等等……」東風感覺身體冷得可怕，當時並沒有特別留意，現在回想起來，如果對方眞的是有些手段的人，那段話其實非常險惡。「換命符，是不是不限於交換自己的生命？」

「是的，可以用其他人的性命作爲交換。」一旁的師父輕輕回答這個問題：「非正道的換命符很凶險，但幸好你們遇上的有目標性，應該尚未傷害到其他人。」

「目標？」

「填表啊，你們去算命時都填表了對吧。」周震嘖了聲：「生辰八字不要隨便給人啊，被拿去銃鯊小都不知道。」

算命前東風隨便亂填了資料，所以最後拿到的是一條沒有問題的手鍊。

那麼其他人呢？

許願首飾的店家那麼多客人，偏偏就那幾個昏迷，以比例來說其實相當低，由此可見不是人人都會碰到。

「填表是想排查，他們有特定需求的對象。」意識到這個問題，東風重新看過那些女孩子的資料，雖然病因那些並不詳細，但虞佟那邊有調查出生年月日，以此推算，他很快發現其中有幾人陰曆生日居然碰巧很相似。

另外幾個在周震與師父看過，簡易地推算後，也都是命裡逢凶化吉，一生長壽、家庭和樂的命格。

也不知道該不該算東風運氣好，他亂掰的出生年月日換算之後，是個非常倒楣的命格。

「比你原本的更衰小。」周大師如此說。

師父不予置評。

「你的手鍊也不是沒有問題。」將藍色手鍊放到另一個碟子裡，大師說道：「不知何故，腳鍊的換命符有一小部分轉進了手鍊中，也許宿主是因此有反應。」

東風想了想，「見血有關係嗎？」

「就是這個。」周震感覺找到原因了。「走吧，去錢家化解，然後逮那個不乾不淨的算命師！」

「嗯，可以。」師父點點頭。

一旦弄清楚原因，接下來幾名許願的受害者皆可在確認是否相同因由後依樣畫葫蘆進行。

「去嗎？」秉持著隨手攜帶的美德，周震順口詢問東風。

「不了，我還有事情沒做完。」東風搖頭，既然兩名大師可以處理許願飾品的問題，非專業的他就不用特地跟上，畢竟電腦裡還有大量影片沒看完。「黑影」試圖阻止他，那麼影片裡有重要線索的可能性就非常大。

周震想想，借用一個長形杯，倒入白米，在屋內走兩圈後選個方位放置好杯子，插入一炷線香點燃，飄散出的香不是一般香火的氣味，而是一種比較奇異的清香；接著他從師父身上挖了串手珠下來，和身上半罐淨水一起遞給小孩。「屋裡還有點陰氣，加減帶著。」

東風也沒與他們客氣，直接把帶有淡淡香氣的木珠串掛到手上。「對了，林致淵和你聯絡了嗎？」

這小子今天完全蒸發，群組也沒看見人蹦出來。

「沒，等等打電話問他要不要去。」大師最近使喚大學生的次數多了，一被提到就下意識想問人要不要去看熱鬧，順便跑腿。

東風點點頭，隨手揮揮。「掰。」

□

虞因猛地一頓。

睜開眼睛時才發現自己在走廊等候椅打瞌睡。

他是在等什麼？

啊，聿的檢查嗎？

走廊非常寂靜，盡頭窗戶映入了外頭陽光晴朗的光影，似乎可以聽見細小的鳥鳴聲。

站在他面前、約莫三步遠外的是個低著頭的少年。

一滴水珠從少年垂下的臉掉落，啪嗒地掉在醫院潔白乾淨的地面，畫出暗紅色的圓。

「你是……」虞因雖然看不清楚對方的臉，但那身服裝很熟悉，曾穿在三死案其中一人身上。「陸梓樊。」暱稱小陸，先前試圖接近他但被大黑影趕走。

少年發出嗚咽聲。

對不起……

「你知道你們爲什麼會死對不對。」虞因正襟危坐，看著站在那裡的人不斷掉眼淚，走廊的燈光投映在他們身上，少年腳下卻沒有影子，只有掉在地上變成血紅色的眼淚。

站在那邊的人輕輕點了點頭。

「……是因爲，洪祥駿母親的事件嗎？」

少年並沒有回答，只是緩慢地抬起頭，異常蒼白的臉與蒙上一層灰的眼睛直直對著相隔幾步的生者。

不知不覺，周遭白色走廊已經消失，虞因仍舊坐在椅子原位，但四周景色變成極爲陌生的地下室，僅有的燈泡光源黯淡地一晃一晃劃過室內，躺在地上的是相當熟悉的黑色人偶裝，這時候裡面已經沒有人體了，整個人偶裝被四分五裂，一塊一塊地遭人分解，隱約還可以看見上頭凝結的血塊與不明的細碎物體。

一股惡臭不斷從人偶裝上發散。

吊在天花板的黃光來回地晃蕩，每掃過人偶一下，人偶的碎片就少一塊，一點一點的，最後只剩下頭部，又掃了幾次，連頭部的碎片都消失了。

一套人偶將就此從世界上蒸發。

黃光晃過，黑與暗光交錯之際，場景再度改變。

年輕的少年們嘻嘻哈哈地走在夜間的小徑上，扣除幾年後才加入的成年人，幾乎全員到齊。

虞因發現自己已經不是坐著，而是跟著這些人一起在黑暗中往前走，旁邊有個柔軟的身軀貼過來，是精心打扮的錢苡茉，稚嫩少女繪著嬌艷成熟的妝容，有一句沒一句地與同伴們對話。

「地點在這邊沒錯吧？」柯緯山拿著手機環顧周遭景物：「馬的唐佑承，你這次補貼的錢最好可以多一點，墳場欸。」

「更正一點，是已經沒用的前・墳場。」佑承依然舉著他的手機直播，笑嘻嘻地讀著上頭反饋的文字並與網友對話：「沒辦法，這次任務者指定這個地方，大家加減看看吧……沒屍體不夠刺激喔？幹你娘正常墳場也不會隨時隨地有屍體露出來好不好！啥小？可以挖？來來來，說可以挖的，如果我們眞的找到墳墓，你要加多少錢給我們挖？」

「你他媽要挖自己挖啦。」柯緯山遠遠噴去一句。

錢苡茉挽著陸梓樊，笑吟吟地看著一群男孩子，另外一側走著的是叼著細菸、面無表情的梁進。

「阿進，你少抽一點。」陸梓樊突然開口：「這樣身體很容易壞掉。」

梁進嗤了聲：「干你屁事。」

「阿進這樣很帥啊，而且賣菸的人不是說只提神不傷身嗎。」錢苡茉打斷了小男友想繼續的規勸，漂亮的大眼睛裡有著奇異的微光。「人家才不像你那麼膽小，連試都不敢試，吸菸傷身那種話都是騙膽小鬼用的，不然你看一堆老人抽了一輩子都沒死。」

「話不是這麼說……」雖然想說點什麼，但在友人與女友的嬉笑下，陸梓樊只好把話吞回去。

幾人鑽過已經半毀損的鐵皮，踏入了處理過的廢棄墳場。

歷經多次遷墳與翻地處理，其實乍看之下看不太出來這裡原本是整片墳墓，不過仔細看可以發現地面有著片片發黑的金紙冥錢，還有一些奇怪詭異的石板，最微妙的是被堆在一側的無名墳碑──無人認領的墓被統一移走，留下殘餘的痕跡。

應網友要求，唐佑承等人玩耍似地把那些石板墓碑翻了一輪，然後就地拿了些石片意思意思地掘地，挖出一些破損的棺材殘片。

玩耍了好一會兒，少年少女們才開始正事。

「座標應該在這邊吧。」粱進拿出自己的手機點了幾下，出現了類似指南針一類的圖案。

「埋得還眞遠。」

小孩們跟著座標蜿蜒地走了一段路，深入廢棄墳場內後才看見一個鼓起的小土包，他們也毫無禁忌地直接下手挖開。

很快地，從裡頭挖出一個半透明的密封箱。

蹲在坑旁的柯緯山把密封箱打開，從裡頭勾出一條金色的項鍊，「是這個嗎？」

「嗯，看起來獎勵就是這個了。」粱進拍下項鍊的照片，上傳到某個網站。「這樣就完成1496任務了。」

「感覺有點無聊。」柯緯山甩了甩金項鍊，「這個看起來不値很多錢，是純金的嗎？」

「純金的。」唐佑承接過項鍊確認，然後放到直播間前晃一晃，隨後回頭看向梁進，「阿進這個一樣交給你賣嗎？」

「嗯。」梁進接住同伴拋過來的金項鍊，用手秤了秤重量，開口：「大概賣個八、九萬上下吧，如果鍊子也是眞的。」

「那還好。」唐佑承聳聳肩。

相較之下，柯緯山與錢以茉看起來比較開心。

「這樣可以買上次看見的口紅和鞋子了。」錢苡茉快樂地扳著手指計算可以分到的錢，然後向男友撒嬌：「我們再去看電影、吃大餐，還要逛街買很多東西。」

「好。」陸梓樊點點頭，並沒有拒絕女友的邀約。

「時間還早耶，要不要再繞一下？」唐佑承發現太快找到目標物了，直播間裡已經有些人開始嫌棄無聊，於是說道：「再搞點其他的？」

「這裡看起來應該是眞的沒屍體可以挖啦。」柯緯山環顧了一圈，跟著認眞思考是不是還可以搞點什麼，畢竟佑承直播拿到的錢也會分給大家，爲了額外的零用錢，還是要做點正事。「點蠟燭講鬼故事嗎？」

梁進在一邊踢了踢比較大塊的石碑，坐在上頭吸著私菸，表情顯得平淡無趣。

「不是啊，你們又不怕鬼故事，講了也沒用。」錢苡茉站在一邊吐槽：「如果只想嚇我，以後別想再找我出來。」

這些男生就是一群天不怕、地不怕的，所以才會深夜出現在這種地方。

幾個人和觀眾正在腦力激盪要做點什麼時，遠處鐵皮外的街道閃過疾駛的車燈。

「阿進？」陸梓樊注意到友人夾著菸枝，目光朝著外頭，一臉若有所思。

「佑承，『那個』帶了嗎？」一直沒有加入討論的梁進開口。

「啊？帶了帶了，在背包裡。」唐佑承剛回完，整個恍然大悟，「我知道了，就搞這個！」

「嗯。」

梁進點點頭。

「等等等等，我手機快沒電了，插個行動電源。」

□

晚間七點多。

東風看著螢幕畫面，瞠大眼睛。

「原來是這樣嗎……」

敲下暫停鍵，他按著連續看了一整天螢幕而有點作痛的頭，正想把影片導出來傳給虞夏和黎子泓等人時，樓下傳來些許聲響。

「小東仔～出來了～」

……都不用看監視器就知道是誰了呢。

東風雖然剛剛想傳影片給相關人士，但並不想看見他們活生生冒出來，尤其是特煩的這個。

很快地工作間門板被敲了幾下，輕輕地打開。

原本正想罵人，但看見外頭站著的是他學長，東風不由得把話給香回去。

「打擾了。」黎子泓笑了笑，「辛苦了，先吃飯吧。」他看學弟的表情，大概知道為什麼某傢伙會要他上來叫人，還有一下班就把他拖出來買晚餐。

「……好。」東風乖乖起身，順便把電腦接到樓下。「有些東西剛好你們一起看看。」

「找到線索了嗎？」大家都知道東風拿走藏在錢家的硬碟，雖說玖深也弄回去了，但大概會是這邊看得比較快。

「應該說不只線索。」跟在後面下樓，到大廳果然看見嚴司在那邊掏袋子。

「小東仔你這樣忘記吃飯不行，下次體檢別想又拿砝碼蒙混過關。」嚴司露出關愛的微笑，拿了五、六個保溫盒出來，接著是兩大個保溫鍋。「來吧，楊德丞先生的愛心晚餐，海鮮麵和蔬菜粥。」

「你們吃得完嗎？」東風感覺這些東西分量很多，懷疑地看著眼前兩人，他可不覺得自己是清盤戰力。

「楊先生以爲被圍毆的同學他們兩個晚上會在，一口氣煮了五、六人份。」嚴司下訂單時忘記告訴對方工作室現在鬧空城，好心的大廚聽見要去工作室送餐就按照平常的分量煮了。「不過你不用擔心，我們分了一半拿給佟他們加菜，盒子看起來好像很大，其實裡面的東西都減半了。」這時間點虞因兩兄弟大概也吃飽了，加上聿有些東西不能吃，於是扣掉他們的分量，由長輩代勞。

打開保溫盒，裡面分量的確不多，有被取走一半的痕跡，保溫鍋裡也是。

在訪客兩人擺放餐點時，東風看了下大師留在這裡的線香，已經燒完，但長形杯裡的白米隱隱發黑，看起來很不新鮮，他不動聲色地把東西掃進垃圾桶裡。

嚴司盛了半碗蔬菜粥放在桌上，東風也不客氣地端走，坐到電腦前，然後點開螢幕，將影片調出來，畫面轉向其他兩人。

「因爲幾個事件有問題的時間點大都在兩年前，所以我的搜索範圍主要放在這裡……這天當晚一共錄了三段相關影片。」

東風說著，放出第一段影片。

那是五人小組在廢棄墳場探索的過程，是柯緯山側拍的視角，硬碟裡並無唐佑承直播的錄影，不知道是否刻意沒有存進去。

一直到小孩們拿到金項鍊這邊，看似都沒太大問題，就是小屁孩們的夜遊遊戲，畫面終止在梁進提出某個意見，而其他人振奮起來。

接著是第二段影片。

畫面裡的柯緯山和唐佑承放下帶來的背包，從裡面拿出一些「工具」。

「這樣可以嗎？」

很熟練地換好血衣，又在臉上塗了一堆紅紅黑黑的顏料，唐佑承對著手機貼近臉，嘿嘿嘿地笑了起來。「有沒有很像鬼？」

「今天要怎麼玩？」柯緯山問道。

「不要弄太可怕。」陸梓樊有點擔心地說道：「等等真的嚇到人。」

「不可怕有什麼意思，當然是要用可怕一點。」唐佑承拿出假血漿塗在臉上，原本詭異的臉變得更猙獰。「來看看我嚇退無數人練出的高級特效化妝技術。」

錢苡茉蹲在一邊狂笑，不斷拍著腿，「你們超過分欸神經病。」

整裝差不多之後，唐佑承把手機藏在身上，用鮮血淋漓的臉朝柯緯山拋了記媚眼，「等等把我拍帥一點，後製要用。」

「帥你媽，用成這樣鬼才拍得帥。」柯緯山吐槽。

接著一群小孩重回鐵皮圍牆，梁進靠著唐佑承說了幾句話，接著走到路邊把金項鍊和皮夾拋在馬路上。

他們在那裡蹲等了約莫五、六分鐘，終於遠遠駛來一輛機車，速度不快，騎的人似乎很謹慎，維持著穩定的速度還戴好安全帽。

接近皮夾時，機車騎士發現路上的東西，不曉得講了句什麼，慢吞吞地將車停到路邊，摘下安全帽，露出一張有些滄桑的面孔，婦人微彎著背走來撿拾，碎碎唸道：「誰的東西掉在路上啊……還要繞回去送警局……」

這時候，唐佑承一臉血，無聲無息地走到婦人身後，等到婦人轉身看見黑暗中滿身是血的人時，發出扭曲又恐懼的一聲尖叫，整個人摔在地上，不斷往後爬開。

「阿彌陀佛阿彌陀佛……夭壽……不要找我……」婦人驚恐地縮成一團。

鐵皮後的小孩們發出無聲的笑。

「歐巴桑……妳撿到我的……東西了……」唐佑承刻意拉長了聲音，帶著詭異的腔調，幽怨地說：「他們挖走其他人……沒挖到我……我好寂寞……妳來陪我……好不好……」

「毋通毋通……阿姨明天、不不，現在馬上就去找里長……」婦人抱著頭，猛烈地顫抖，「馬上把祢遷走……」

「不行……妳撿到我的東西……就是有緣……妳註定要下來陪我……我給妳選好了……風水寶地……就埋在我對面……」

「毋通毋通……」婦人瘋狂搖頭。

唐佑承抬起手，做出招手的姿態，「不然……妳找個人交換……妳老公帶來交換……妳就不用來躺……」

「他他他他死了……」婦人大概是用盡了力氣，才把皮夾和金項鍊塞給面前的「鬼」，顫聲說道：「我東西還、還祢了……阿姨說話算話……阿姨馬上找人幫祢遷墓……阿姨……

阿姨家裡還有小孩要照顧……祢毋通……」

「不行……不然用妳兒子來交換……妳有幾個可以換……」唐佑承幽幽地說道：「我討厭小孩……用最大的來換……」

「不行！」婦人突然大聲喊道，整個人直起身體：「我兒子不能換給祢！祢、祢……要找就找我……不准動我兒子！」

唐佑承做出一個猙獰又非常生氣的表情，衝著趴跪在地上的婦人尖叫怒吼：「那就妳去死！」

婦人唉呦一聲，好不容易激起的勇氣破散，整個人再度蜷縮在地面。

趁婦人沒有看見，唐佑承快速閃身鑽進鐵皮裡，衝著幾個同伴們露出得逞的惡劣笑容。

「有沒有很像，阿進教的都講了。」

幾個人發出超小的討論聲。

「幹你應該要再去嚇一嚇，搞不好屎尿都被你嚇出來。」柯緯山攛唆著夥伴去第二輪，然後繼續用手機拍龜縮在原地的婦人。

「太久她會發現啦。」唐佑承掏出直播手機。「我剛剛還以爲要被她看出來了。」

「那個阿姨好像眞的嚇到了。」陸梓樊憂心地盯著蜷在路中間一動也不動的婦人，不安地說：「要不要跟她講一下？」

「一個臭老人而已，管她那麼多幹嘛。」梁進嘲諷地笑了聲：「你是怎樣？愛心氾濫喔，老人那麼多，嚇死一個少一個。」

「話不是這樣說，在路上還是有點危險。」陸梓樊說著就站起身。

「給我回來。」梁進聲音陡然轉冷，身邊同伴停下低聲竊笑，幾雙眼睛全看向想要出去的同伴，彷彿在看與他們不同的生物。「你他媽是想出去和死老人相親相愛嗎？」

「你……」

打斷少年們爭執的，是鐵皮牆外，大卡車急猛的煞車聲。

影片在一陣劇烈的搖晃後結束。

「……如果薩諾斯的彈指滅人大法彈掉的都是恐龍家長和老中青各領域屁孩，可能會世界和平。」

憋了好半晌，嚴司才打破沉靜。

「那你大概會一起被彈掉。」東風冷漠地吐出回應。

「什麼？小東仔，好好看清楚是誰給你帶愛心晚餐，大哥哥再給你一次修改感想的機會。」嚴司瞇起眼睛，露出和藹可親的微笑。

黎子泓略垂下眼皮，檔案上的文字終究不如親眼看見的畫面，那些小孩自以爲好玩的惡作劇滲出的恐怖惡意讓人膽寒。

另邊兩人正在吵鬧時，三人都在內的群組傳來聲響。

嚴司打開一看，是虞因傳來的，訊息內容很長，剛好完全就是他們方才看的影片內容。

「哇喔，我們這邊看側拍，被圍毆的同學看搖滾區。」連接到異世界的人體播放器還真方便。

大致上與影片內容相同，只不過虞因所共享的視角來自於陸梓樊，這個視角的人在車禍之後完全被嚇傻，以至於最後是被幾個夥伴拖走的。

「當時如果有這段影片，結果應該就不同了。」嚴司感嘆，人體播放器當然無法作為呈堂證供，但硬碟可以。

「不，恐怕還是會同樣結果。」東風倒回影片，放大了定格畫面的一角，手指在電線桿上的監視攝影機畫了一圈。「監視器是在運作的。」

畫面中，監視器亮著工作中的小小燈光。

「……梁家嗎？」黎子泓大約明白為什麼這個路段的監視器會全都「壞掉」了，恐怕是人為故障，現在要回頭找，多半連點碎片都找不到了。

「不無可能，會動手的就只有相關人士，但最大可能是梁家。」東風點頭。當然卡車司機後面的公司老闆說不定也有嫌疑，然而只要看過記錄，就會知道司機八成是被牽連，沒有必要刻意動手腳。

「百分之百就是梁家吧。」嚴司細數幾人的背景，能動手的就是梁進後面的家長。邪惡的小孩危害社會，縱容包庇的家長要負起百分之九十的責任，希望哪天法律可以修改，把這些智障家長一起連坐。

第三段影片比較短，柯緯山遠遠拍了一下車禍現場畫面，不過因爲司機很快報警，所以少年們匆忙地從鐵皮牆後逃走，前後只拍攝了三分鐘左右。

「你們說……洪祥駿母親死前，會不會依然以爲自己是被『鬼』纏上，車禍是鬼要讓她死，所以她才沒有躲開？」嚴司伸出手，重新播放了最後那段畫面。

被「鬼」嚇到的當下，其實洪母摔得並不嚴重。

嚴司判斷得出婦人只是被恐怖的東西驚嚇到，實際並未失去行動能力，僅僅就是不敢從「鬼」的面前離開；後來大卡車駛近前有不小的聲響，如果洪母反應及時，其實很有餘裕可以躲開，甚至就地滾開。

然而沒有。

車禍現場調查，洪母是在原地被活活輾死。

東風沉默了半晌，緩緩開口：「如果眞相是這樣，就太悲哀了。」

洪祥駿的母親以爲自己撞鬼，鬼想要她下去陪祂，否則就要捉她兒子來交換她的性命，而膽小到不敢多看鬼一眼的婦人以爲死劫眞的應驗了，最終選擇自己去死，也不想用兒子來交換自己的生命。

但自始至終，這只是一場未成年國中生們卑劣的遊戲。

黎子泓深深地嘆了口氣。

所以勸人的陸梓樊死得乾脆，沒有過於痛苦。

多嘴的柯緯山被一刀割斷喉嚨。

裝鬼嚇人的唐佑承直接被砸爛腦袋。

間接決定洪母死亡與影響肇事調查結果的梁進，活生生遭割斷頭顱，嘗到活著斷頭的恐懼與痛楚。

一切都是復仇。

□

虞因放下手機，無奈地嘆息。

他清醒後才想起來他們下午就已經辦離院，聿只需要這幾天靜養多觀察，所以回家吃過藥後就去房間睡了。

而他在客廳不知不覺睡著，接著就是一連串悲哀的夢境。

「一切都是復仇嗎？」

抬起頭，他看見站在庭院外的大黑影，透過落地窗，血色的眼睛流下割裂面孔的赤色痕跡。

推開落地窗，虞因慢慢走到黑影面前，大黑影沒有因為陸梓樊的託夢出現先前那種強烈的敵意，可能知道瞞不了多久，龐大的身影站在黑暗中，溢出的都是憤恨與痛苦，像是無處申告的冤屈滿滿堆起。

「我會請大師替你母親多辦點法事。」虞因不確定能不能因此讓洪母有個比較好的投胎轉世或者福報什麼的，但他只能這麼幫忙。「祢……多多少少，放過自己，我們不能阻止祢繼續報復，但是希望祢知道，祢母親的死，祢不是罪魁禍首。」

他可以感覺到大黑影的怨恨中，有一部分是針對己身。

即使很痛苦，祂還是堅持要殺死所有相關的人，就算後來死亡，祂也沒有後悔。

但其實，祂也只是受害者。

每個事件中，受害者並不是單單只有無辜的死者，祂的家人朋友，因此感到痛苦的人，全都是受害者，他們必須花很多時間想辦法走出來，甚至有永遠都走不出來的人。

虞因慢慢地伸出手，貼在冰冷的人偶裝頭部，輕輕摘下充滿血腥氣味的偶頭。

洪祥駿的面孔出現在眼前，灰敗的臉頰上有著兩條黑色的淚痕，充滿血絲的眼睛盛滿苦痛。

「我可以去找祢嗎？」虞因鬆開手，黑色偶頭在他手上碎散消失。

青年往後退開一步。

祂不想被找到。

入土爲安什麼的，祂全都不想要。

電視的雜訊從後傳來，虞因不禁回過頭，客廳電視的大螢幕不知道何時被啓動，雪花畫面跳動了幾秒，閃爍後出現小巷子。

打扮看起來流裡流氣的大男生坐在機車上，蹺著單腳有一口沒一口地吸菸，這時候他的年紀還不大，約莫十七、八歲的模樣，穿著便宜的潮服，染了頭叛逆又顯眼的紅髮，與幾年後影片裡的形象差異很大。

「又吸！」從屋裡走出來的婦人一巴掌打在男孩的大腿上，直接拽掉那根菸，「你別跟你爸一樣吸到早死，你媽還等你給我養老。」

「我爸那個是血癌，和吸菸有個屁關係。」大男孩揉揉腿部，有點不耐煩地從口袋裡抽了一疊千元大鈔遞過去。「喏，拿去花，晚上不要工作到那麼晚，誰教妳兼兩班，當心沒精神摔車。」

「呸呸呸，你媽還不缺你這點錢。」婦人沒收，因爲長期操勞顯老的臉露出一點皺皺的笑容。「你留著用吧，才幾歲，不讀冊也好好生活，錢拿去買你愛吃的；我知道你討厭讀冊，跟師傅學修車就很好，你喜歡玩車，以後出師可以賺多點，存著買你喜歡的車。」

「拿去吧，我身上還有。」男孩站起身，強硬把錢塞進婦人的褲袋裡。「給楊予耀當學費，臭小子會讀書，以後叫他長大賺大錢養妳。」

「哈，想甩掉你媽，告訴你，以後你們兩個都要養我。」

「……啊是啊是。」

男孩又坐回那台破舊的機車上，摸出菸盒，被婦人一掌摁在腦袋上，沒收整盒菸。

畫面一閃，是火葬場吹上天空的細煙。

這時候的青年已是一頭黑髮，以前的驕傲紅髮隨著時光褪去，如同生命與乾枯的血液。

兩兄弟坐在等候區，稍遠處是不得不來幫忙的阿姨正在櫃台買飲料。

「哥，你覺得是意外嗎？」楊予耀帶著稚氣的面孔肅然，語氣冰冷地說：「我有同學……他很愛看奇怪的網站，他說在一個直播看到很像媽的人，被一些人惡作劇害到撞死，就在那條路。」

「你有影片嗎？」成長開的青年手上轉動著沒點燃的菸枝。

「沒有，他說那個地方不能下載也不能側錄，他是偷他爸帳號才看到，他也不確定那個是不是媽……可是那條路……只有媽發生事情。」楊予耀低下頭，細軟的黑髮微遮住少年的面孔。「警察一直說是意外，我們沒有證據，警察也不想浪費時間幫我們調查……可是哥，我覺得眞的不是意外，媽平常騎車和過馬路都很小心，她不可能在路中間給人撞，她說要讓我們養老，她一定爬都會爬走。」

青年抬起手，按在弟弟的頭上。

「楊予耀，好好讀書，其他的事不用你管，你哥會去找。」菸枝在另一隻手上被折斷，斷裂的開口竄出菸草，如迸裂的植物內臟。「一天找不到就一個月，一個月找不到就一年，一年找不到就十年，如果媽不是意外……我會讓他們血債血償。」

「我不會讓他們接受審判，他們沒有資格。」

電視畫面滋了聲，重回黑暗。

虞因回過頭，黑色的身影已經消失。

空氣裡仍有極淡的血腥味，夜晚的風一吹來，很快將其徹底吹散。

只剩一聲遺憾的嘆息。

□

錢苡茉醒了。

大師們去化解符咒的第二天，那個乾枯到快要像具活骷髏的少女很辛苦地睜開眼睛。

洪悅棠那邊一早也傳來不錯的消息，但因爲洪家出事的時間比較久，雖然大師們前一日連帶做了些送請鬼神的誦唸，少女還是有點渾渾噩噩，大概要再過個兩、三日才能清醒過來。

相較之下，錢苡茉從甦醒到恢復記憶的速度很快。

應該說，這段時間斷斷續續她似乎都有記憶，並不是暫停在恐怖凶殺那晚，而是很清晰地知道自己獲救，並且被帶回家中照顧。

接到周震的電話後，虞因帶著東風和執意要跟的聿一起去錢家會合。

「小淵不來嗎？」拿著手機，虞因有點疑惑，他們待會兒還要繞去洪悅棠家看看，本來以為學弟應該會第一個衝過來。

「那小子說有事不過來，我算了算，他這兩天有點血光之災，渡過去就好了。」周震沒感覺對方有生命危險，託人送個果籃零食去學生宿舍後便直接來這邊。

「呃……」這麼隨便的嗎！

虞因有點頭痛，覺得等等回去時順道去學校探望好了。

錢苡茱甦醒這件事，第一個知道的是周震，接著是被錢家半強迫參與的虞因。間接得到消息的警方原本想來詢問案情，但被錢父強烈反對，以女兒身體還很衰弱的理由拒絕探訪。

說到身體衰弱……

坐在客廳的少女雖然依舊消瘦到很驚人，但一雙眼睛極為明亮，精神也好到奇異，像是原本被抽光的生命力突然填滿這具身體，接下來她要做的只有重新將身體養好就可恢復如初。

「所以說，我是被那個算命的害了？」錢苡茱發出很虛弱的聲音，略突出的眼珠抹上一絲嫌惡。「我就知道，那時候她問那麼多，一定有問題，媽的，可不可以告她？」

「……大概不行。」周震還未完全確定搞鬼的人是不是算命師本人，他昨天和友人到處跑受害者家解咒，有的人家裡還要抓小鬼，搞到凌晨三、四點才處理六成，今天還要接著去，所以首飾店的事情只能暫時壓後。

「靠。」錢苡茉低低罵了句髒話。

「先不管首飾店，我們還有其他事情想問妳。」不曉得爲什麼，虞因總覺得自己沒有從眼前吃了苦頭的少女身上看到什麼恐懼，相反地，她反而是憤怒居多。「關於你們去老宅當晚的事。」

「你誰啊？條子嗎？」錢苡茉有點不悅地看向父親，後者朝她搖搖頭，小聲地說是請來幫她招魂的人。「現在法師也管閒事了嗎？」

「妳怎麼會覺得是閒事而不是業障疊加。」虞因想到那段惡作劇畫面就有氣，語氣不自覺地冷漠：「可別忘了自己做過什麼，有時候不是不報，只是時候未到。」

「不知道你在說什麼。」錢苡茉露出被冒犯的神情。

「妳的朋友們都被殺光了，妳也覺得是小事嗎？」東風靠在陽台落地窗邊，似笑非笑地看向少女。「其中不是還有妳的男友嗎？被殺死之前，他還要妳趕快逃走，原來妳無所謂？」

「……我、我有什麼辦法，又不是我害死他們，而且我本來就要和他分手了……」錢苡茉偏開頭，眼神有些閃爍。「你應該……去找凶手吧……」

說到這邊，她又再次抬起頭，理直氣壯地說道：「凶手是洪祥駿，我聽見他的聲音了，他在追阿進時，叫了阿進的名字。」

「喔，這個我們已經知道了。」虞因冷淡地說：「警方正在追查洪祥駿的下落，並且還知道洪祥駿的母親是兩年前，在廢墳場外被你們惡作劇害死的死者。」

原本還神色自若的錢苡茉大概沒想到有這個變數，臉色整個難看了起來，「不會吧？祥哥……祥哥沒說過……他和我們玩那麼久……幹！難怪！他是那個老女人的兒子！老女人死都死了，又不是我們開車撞死她！憑什麼找我們！」

「這和我女兒沒有關係。」聽話題越來越不對勁，錢父立刻擋在少女身前，表情陰沉：「我女兒沒有害死過什麼人，不要隨便拿外人的事來扯我女兒。」

「錢苡茉。」虞因看著對那件事竟然沒有一絲後悔的少女，也沉下臉：「我們手上有側拍的影片，妳眞的認為你們一點責任都沒有嗎？」

「幹你娘！我有什麼責任！」錢苡茉怒吼，然後因為身體虛弱連咳了好幾聲，隨即又憤怒地回應：「那老女人自己禁不起嚇，干我們屁事！她又不是第一個被嚇的，爲什麼別人沒被撞死只有她被撞死，是她的問題吧，是不是想騙保險金啊！去找那個開車的人討啊，莫名其妙！爲什麼還要因爲這樣把阿進他們殺死，我們才是受害者吧！阿進他們都死了欸，你們憑什麼檢討受害者！」

「開車的那個人死了。」虞因說道，原本還想罵什麼的少女猛地漲紅臉，下面的話罵不出來。「相關的人都死了，現在只剩下妳，妳覺得妳很僥倖嗎？」

「滾！」錢苡茉抓起抱枕砸過去，「滾出我家！」

「你們走！」

錢父把一行人全都轟出去，摔門前還怒斥：「我女兒只不過是和朋友出去玩，小孩愛玩而已，又不是他們的錯！你們去找殺人的凶手，不要再來騷擾我女兒！」

一併被趕出門的周震盯著錢父，突然露出意味深長的笑。

「好啊。」

□

「靠！好氣！」

虞因踹了一腳路邊的小石頭。

「相信賤人自有天收吧。」東風轉開保溫瓶，遞給旁邊的聿。

「天都收很慢。」虞因氣氣地回答。

「她的反應不對。」聿靠著車邊思索，雖說少女大概是半昏迷半清醒時知道現況，對於朋友都死了不那麼震驚，但被詢問後的反應和奇怪的拒意都不太對。

「明明是死亡案件倖存下來的『受害者』……」同樣注意到這點，東風環著手思考。

「為什麼她不想協助找出朋友們死亡的真相？反而很抗拒被問話？」

正常如果是玩得很熟的朋友們遭厄，倖存的那人應該恨不得把自己知道的事都告知警方，只求快點找到殺人凶手——更別說對方搞不好還會來找她。

洪祥駿死亡這件事並沒有實際證據可以證明，所以官方和媒體都還是以失蹤作為目前現況，錢苡茉應該不可能知道他不在世上了。

但她並沒有顯露出凶手可能會來找她的恐懼。

「不然請幾個來問問。」周震思來想去，覺得問本人更快。

「先別，等等洪祥駿又抓狂。」虞因感覺祂會極不爽他們又去接觸那幾個高中生死者。

……總覺得洪祥駿也瞞了什麼，不想讓整件案子眞相大白。

「接著去洪悅棠那邊嗎？」東風滑著手機，上面突然跳出玖深的訊息，「好像找到其中一部丟失的手機。」

死者們的手機全都丟失，只有不知爲何詭異外流的影片，最近期出現就是由梁進信箱寄給洪父的那段。玖深從梁進的信箱查找，發現影片是由手機寄出，試了幾個方法後，竟然還眞的讓他找到手機最後出現的位置。

地點大家依然很熟，就在老宅庭院附近，不是在那個地下室，而是在比較遠一點側院裡，不曉得是不是被動物叼走，手機外殼有點損壞，落在一個枯井裡。

總之魏旭陽撿到手後，完全不覺得手機像是可以發信的模樣，不過因爲接連一串奇奇怪怪的事，他決定不要問太多。

現在手機被拿去加急處理了。

「還要再等一點時間吧。」虞因不覺得手機可以馬上就修復。

「嗯，另外還有大卡車司機的手機，也在貨櫃屋現場找到，送去處理了，手機沒有遭到破壞，應該很快會有結果。」東風往第二條訊息看去，同樣需要時間等待。

既然如此，大家依舊按照原本的行程跑。

與錢家不同，洪家顯然非常熱情，女兒甦醒後坦承自己確實許了心願想要見母親，當時與店內的算命師聊了很久，算命師可能也有某些心理學技能，很快問出她心中所想。

「我知道爸爸和哥哥其實很想念媽媽。」瘦得無法下床的洪悅棠吃力地說著話：「我覺得……其實一點點生命，能換媽媽回來，好像也不是壞事。」

少女想得很單純，兩、三年的生命換取母親與他們重新在一起，全家團圓，非常划算。她沒想到母親會用另一種方式「回來」。

「如果……早知道是這樣……我就不亂許願了……」洪悅棠甦醒後，從父親那邊知道母親回來的模樣，以及透過大師們描述，母親在廁所裡繼續生前的痛苦，她就覺得很後悔：「我眞的不曉得……」

「我和妳母親溝通過了，祂不怪妳。」周震與友人到來時，的確與林致淵說的一樣，洪家死去的親人流連在主臥內，將事實告訴洪德傳後，爲兩夫妻帶了幾句話，在丈夫的同意下，將妻子送回祂原本該去的地方。「祂只想要你們每天快樂生活，身體健康。」

洪悅棠抹著眼睛，哽咽地點點頭。

實際上，這位母親比老宅那群傢伙好溝通太多，所以當晚就直接「送回去」了。

等少女情緒平緩後，一旁的虞因詢問了關於首飾店的事情。

一開始與東風的經歷差不多，她也塡了資料與基本願望，隨後見了那位身兼算命的女性設計師，之後聊了很久，將母親的事情透露出來後，設計師表示其實首飾可以追加更好的心願，只要她願意付出一點小小的代價，例如用壽命換母親回來，短短一、兩年的壽命，他們可以與母親重新相處。

「一、兩年？」虞因有點訝異，因爲昏迷不醒之後，這些少女都活像被吸去血肉，看起來根本不像捨去一、兩年。

「嗯，她說再多就對人不好了，只能用一、兩年交換。」洪悅棠點點頭，當時聽見這麼短的年限，她才會覺得這也無所謂，比起那一、兩年，她更想讓媽媽回來。

虞因與周震對看了一眼，這個交換有點出乎他們的預料。

因爲洪悅棠是勉強起來見人，所以很快就須要休息，虞因兩人先退出房間。

對客人非常熱情的洪父與歸來的洪家大兒子早早知道客人要來訪，準備了一大桌菜，直接用熱情把幾人留下來吃一頓。

沒有擠進房間的東風和事先被塞了滿滿一碗的飯，另兩人出來後也躲不過，洪父一臉非常想給他們用碗公裝到噴出來的模樣。

「人與人果然不同。」周震感慨，上一場他們被轟出來，下一場就被精心招待。

飯後，周大師拿了一疊A４影印紙給洪家父子，據說是前一天那位好友師父特地讓他轉交的調養藥膳，上面寫了不少注意事項，須循序漸近滋養少女身體，畢竟虧空了好一段時間，如果不好好養護，恐怕以後會留下病根。

藥膳使用的都是尋常可以買到的材料，相當體貼地沒有什麼名貴藥材、食材，應該不會對他們造成太大的經濟負擔。

最後幾人是被洪家父子歡送出門的，要他們有空常常來玩。

然而，接下來的行程就沒那麼順利了。

□

「沒上班？」

帶著東風進首飾店後，虞因從店員那邊得到意外的回應。

「是的，我們那位設計師最近幾天家裡有事，所以請假喔。」店員認出上回來的東風，親切和藹地說：「飾品有問題嗎？」

東風搖搖頭。

「喔，我看我家小朋友好像滿喜歡的，想說今天路過，再過來看看。」虞因回以和善的笑：「哪天帶女朋友也可以過來看看。」

……有的話眞想帶。

「這樣啊，那我幫你留個言，如果設計師事情處理好，我們會聯繫您。」店員遞了幾張戀人飾品廣告與心願首飾廣告單，「你可以帶回去與女朋友討論，我們也有網站喔，不過網站上的東西沒有現場多，最好還是一起來挑選。」

「好。」虞因收好廣告單，不著聲色地假借看櫃台飾品，慢慢挪向林致淵指出聞過奇怪味道的位置。「有沒有男生適用的？」

「有的，你可以看看這些。」一進門店員就留意到眼前的青年對打扮有點講究，很快取出幾樣比較男性化的飾品。「我會推薦銀戒與這邊的皮革手鍊……」

趁兩人聊起來，東風重回先前的展示櫃，玻璃櫃更換過品項，已經不是上次他看到的那些，而是其他設計師的作品，原先與算命師設計的同風格飾品都不見了，而且不只這邊，其他幾個展示櫃也少掉許多。

巧合嗎？

「對了，你們設計師有其他聯絡方式嗎？網頁平台什麼的，還是個人限動？」虞因隨口問道。

「沒有耶，設計師本身不太喜歡用那些，所有飾品都在我們這邊販售。」店員說著，給了張設計師的名片，上面的聯繫方式果然與店家的相同，「她平常家裡滿忙的，如果有問題我們都可以全權幫您處理喔。」

「好。」感覺應該是從店員這邊問不出什麼，虞因看著走回來的東風，「那我們改天再來。」

「好的，隨時歡迎您們再度光臨。」

店員親切地揮手。

「沒有小淵說的那種味道。」

虞因拉開車門坐進駕駛座，旁邊的聿遞來水瓶。

「首飾也都撤了一輪。」東風在群組上敲打，詢問虞夏或魏旭陽有沒有辦法調查那位設計師。

「動作大發現了吧。」周震想想這兩天和友人到處跑的事，「換命雖然是交易，但化解之後，那邊多少會有點影響。」

東風看了看首飾店的門面，依舊有幾名青少女在櫥窗前駐足，興奮地討論飾品款式。

「我更好奇，那個店員在這件事上涉入多少。」他不覺得店員全然不知情，只在於知情程度的深淺。

「你們要去其他家嗎？」周震還要去其他昏迷者家裡看看，於是問問另外三人。

「先不了。」虞因還打算繞去看看林致淵，東風也要將沒看完的硬碟影片繼續看下去。

「你去的時候再幫忙問問那些女孩子在首飾店的狀況。」說著，把問題檔案發了一份給周大師。

「看完快點回去，不要亂跑。」大師揮揮手，離開去開自己的車了。

聿盯著駕駛位，有點蠢蠢欲動。

「不行，你繼續休息。」虞因掀了對方的衣襬，腹部那一大塊瘀青還沒消，依舊是深得可怕的暗色。「否則叫嚴大哥把你關回去ＶＩＰ。」

「……」聿有點想反駁，但這兩天被禁止下廚，無法威脅對方把位子讓出來，不然就吃討厭的營養蔬菜，只能乖乖地繼續躺回去副駕駛座。

就在三人準備回程時，虞因旁側的車窗突然被敲扣兩下，轉頭看去，窗外有名約莫

十四、五歲的少女微笑著向他們招手。

「妳是……？」虞因按下車窗，有點疑惑。

「你們不是想找林姊嗎。」少女歪著頭，精緻的臉噙著一抹淡淡的微笑，身穿一襲清爽的白上衣、淡綠色百褶裙，看上去相當清純可愛，然後她俯身撐在車窗邊，遞了張紙條：「這是林姊的住址，她願意見你們。」

虞因一臉茫然。「林……？」

「在我們那邊叫林梢，店裡面用的則是『齊設計師』或『齊老師』。」少女笑笑地解惑：「你們不是想找她嗎，去吧。」

「她叫妳來的？」虞因接過紙條，上面是一行住址。他其實不意外對方的舉動，應該說這位齊老師或者說林梢，大概也知道他們的來意了，見不見都是她一句話……畢竟也不能請警察來抓這種沒證據的事。

「唔……也不算，我只是很好奇、想親眼看看你們這些多管閒事的人，眞實的模樣。」伸出手指點了下青年的額頭，像是對待惡作劇的鄰家小孩般，少女笑吟吟地完全無視對方被冒犯的驚訝視線。「相片總是失眞嘛，本人實際的模樣意外帥很多。」

「妳到底是誰？」虞因連忙按著額頭往後退。

「哎呀，你們破壞過好多次我的東西啦，這麼問眞讓人難過……不過以後有機會再正式認識吧。」少女直起身，看了看右側方向，然後回過頭聳聳肩，「下回有機會一起玩囉，我也想吃吃工作室的點心，改天再找你們。」

說著，少女朝車內幾人揮揮手，哼著曲子離開。

虞因一直警戒著，見對方消失在街道另一側，才回過頭看聿和東風，三人面面相覷，對突如其來的奇怪少女完全沒有頭緒。

「走一趟嗎？」虞因把紙條遞給聿。

「嗯。」聿攤開紙條，取出自己的手機，上面群組也正好出現魏旭陽的回應，對方同樣給了一個地址，與紙條上的完全一致，但警方這邊還多了個讓人吃驚的訊息——

林梢的女兒也是昏迷不醒的受害者。

□

設計師齊老師，本名林澗梢，又名林梢，四十二歲離異，養育一名十九歲的女兒。

一年半前，她女兒與大學朋友進行三天兩夜旅遊，卻在景觀點夜遊時失足滾落山下，當時男友與一干友人雖然盡力想抓住女孩，但依舊無法避免少女身受重傷的結局。

根據報案者說，這群大學生在夜遊時不知道被什麼驚嚇到，女孩撞在旁側的欄杆上，沒想到欄杆年久失修斷裂，造成憾事。

「她女兒的名字叫作林窈，化學系三年級第一名……我靠跳級的，好可怕。」虞因看著資料上女兒驚人的學歷，「好多獎狀，還被教授帶在研究室進行研發項目，標準別人家的女兒。」但想想自己家的小孩，其實也不差，也是會研發新東西，不過研發的地點在家裡和工作室，致力於把身邊的各種化學用品全都變成生化武器。

某方面也是才能，不要被抓的話。

虞因突然想起這幾天櫃子裡剛買的工業溶劑又消失了，擺放溶劑的原位變成幾張鈔票，不知道該不該開口問，感覺他的材料櫃已經快變成某人的生化備品補充處了。

「工作室禁止做炸彈喔。」虞因想想，還是對後座的人來一句，以免哪天真的看到爆裂物。

「……」東風白了突然發神經的人一眼。

地址距離首飾店並不遠，約莫五分鐘車程，難怪先前林致淵與東風來買手鍊時，設計師可以來得這麼快。

大概是林梢有交代，進入警衛室，警衛聽到他們要找七樓住戶也沒說什麼，讓他們登記完證件後就放人進入，還好心地告訴是哪一棟，要搭哪部電梯云云。

「感覺被算準了。」拿著訪客卡，虞因與另外兩位同伴面面相覷，「……應該不至於被埋伏？」萬一等等來個開門殺？

講到這個，東風低下頭，從背包裡拿出兩瓶沒有標籤的噴霧罐遞出。

「先不要。」虞因感覺這東西很危險，一旁的聿也沒收，大概是因為武力值比較高。

沒有想像中的埋伏或為難，他們非常順利地到達地址住戶的門口，正要按門鈴的下秒，大門直接被拉開，開門的正是上次替東風算命的手鍊設計師。

設計師今日沒有上妝，一身較為樸素的衣服，看上去比先前符合她的實際年齡。

「來啦，裡面請。」林梢露出溫和親切的笑容，彷彿幾人認識很久似地，將三人邀進屋內，還拿了新的拋棄式室內拖給訪客。

杏色的地板清潔乾淨，桌上布置好茶水點心，客廳家具多為淡色原木，配上一些可愛的小雕飾，整個畫面看起來相當溫馨，很難想到屋子的主人使用詭異的手段造成許多人昏迷。

「不喝茶的話也有果汁，柳橙汁或芭樂汁？礦泉水也有。」林梢就像熱情好客的主人，從冰箱拿出水與果汁。

「呃……」虞因沒想到是這樣的場面，瞬間不知要怎麼開口。

「我知道你是男孩子，可以不用一直憋著不說話。」林梢端來剛切好的水果，還順便朝東風和藹說了句：「先前看過你們的照片，一見到你出現在店裡，我就猜到時間差不多到了，幸好趕在找來之前完成。」

「所以是選人的。」東風接過對方遞來的果汁，並沒有入口，只端在手上。

「是的，我需要特定時間出生的女孩幫點小忙。」林梢拉張椅子坐在一旁，直接坦白地回答：「周震、靜言師父應該已經告訴你們相關的符文用途，我就不再解釋一次，所有的交易都是你情我願，並沒有惡意強迫。」

確實，周震那邊調查回來的，是每個買了心願飾品的女孩子都知道換命一事，可能她們沒想到支付的代價就是躺在床上昏迷與抽取生命。

換命符化解後，失去的精氣神回不來，只能重新養身體，未來多少會有些身體虛弱的後遺症。

虞因有點頭痛，「所以同意換兩年的，真的會睡兩年嗎？」

「不，看答應的時間與心願的難易，約莫是三個月至一年。」林梢微笑地說道：「錢苡茉那種，大約就是一年，畢竟她許下的可是攸關生命的大事，比起招魂或是學業進步、戀愛順利，難多了。」

「攸關生命？」虞因皺眉。

「嗯……她來的時候，翻出的牌都不太好，我算了下，她命中死劫，沒想到她的願望正巧是快快樂樂活下去，據說是因爲與男友鬧分手的緣故，她希望分手之後要比以前更快樂生活。」露出了有些嘲諷的冷笑，林梢意有所指地看了看陽台方向：「這筆生意相當不划算，差點得罪了『其他人』。」

「妳這麼坦誠好嗎？我還想問妳到底是哪裡學來的邪魔歪道。」虞因感覺對方現在呈現一種完事後擺爛的模式，似乎完全不擔心被他們追究，又或者是，她百分之百確認就算他們想追究，也無從追究起了。

「就如先前所說，我已經完成我要做的事情，所以說不說都無所謂，倒是許願的那些人要擔心化解後，原先的願望也會跟著消失，白白躺了這段時間。」毫無畏懼的算命師如此說道：「至於方法，是網路上有看不下去的好心人告知，如果你們有證據那些昏迷是我親手害她們，歡迎報警來抓。」

沒有證據。

設計師只是賣出主打許願的首飾，就算上面有奇怪的紋路，就算多送個塔羅算命，醫學上無法證實與昏迷有百分之百絕對的關係，所有昏迷的人或是生病、或是意外，沒有一樁是林梢親手造成。

這或許就是林梢敢坦然面向他們的主要原因。

「不過你們放心，我不會再做這些了，一切相關符咒與方法都已燒掉。」說著，林梢站起身。「畢竟，我的寶貝已經回來了。」

銜接客廳與臥房的走廊傳來細小聲音。

一名極為瘦弱的少女扶著牆，旁側還有名婦人扶著她，她抬著幾乎剩骨頭的腳往前移動，注意到客廳裡幾道視線，她露出乾枯卻溫暖的微笑。

「媽，有客人啊？」

虞因等人從大樓離開，回到車邊時還有點恍惚。

林梢的自白過於坦然。

她的女兒出事之後因爲傷到頭部，清醒機率太小，幾乎不可能醒來。

傷心的母親到各地求神問佛，直到有天一名「好心人」透過網路聯繫她，說是看不下去女兒這種天才因爲一些垃圾變成植物人的憾事，因此給了她一方「藥」，只要她找齊一定數量的少女，心甘情願地分予一點壽命，透過部分小小陣法與親人的血，她就有機會可以召醒女兒，將她殘破的生命再度續起。

所以她一直努力、努力地尋找適合的人選。

林致淵和東風尋得硬碟那晚，林梢的「藥」圓滿完成，周震等人化解符文並喚醒那些少女前，她的女兒已經睜開眼睛，在醫生口中成爲奇蹟。

神鬼手段，無法被隔空追究。

昏迷與壽命交易之說究竟有沒有，是不是眞的因此救醒了林窈，最後也沒人知道。

林梢將三人送出家門時，意味深長地告訴虞因：「錢苡茉身上有因果線，所以我給她兩件飾品，至少在交換期間她還可以保命……窈窈醒了，符文願望也被化解，接下來希望她好自爲之吧。」

虞因總覺得對方話中有話。

「不過仔細想想，那些做了交換願望的人似乎是虧了。」東風翻看著那些許願少女們的願望，「例如這個，希望能獲得一千萬，好像是在昏迷一個月左右，父親就中了一百多萬……現在被化解了，想必後面也不會實現。這麼換算起來，她只要昏迷幾個月不死就會得到一千萬，說不定她出社會幾年都賺不了這麼多。」

「……萬一昏迷中就死了呢。」虞因沉默了兩秒。「這個沒保證，很危險吧。」

「那就是測試家人對她的愛有多深了。」好好照顧的話，說不定一、兩年根本不會死，只是被抽生命力昏睡而已。

「有愛的家庭第一時間都選擇化解了吧。」虞因回道。畢竟昏迷那麼久，身體很傷，大多家庭在聽到大師們的建議，都立刻選擇化解，少部分大概像那個一千萬的才猶豫了點時間，不過可能是女兒乾枯的模樣過於驚人，最後也同意解咒。

然而這件事之後，那些清醒的少女們確實有一小部分後悔了，知道解咒等同消除許願，紛紛怪起了家人爲什麼要聽信大師的話，讓許願失敗云云，更進一步想尋找離職的設計師意圖再度交換，但這也是後來的事情了。

現在，許願首飾的事算是告一段落，後續由魏旭陽那邊接手，細查如果有任何可以證明犯罪行爲的證據，他們還是會向飾品店動手。

此間事了，幾人返回中部。

沿路去探望林致淵，大學生在雨夜那天返家時差點被車撞，不過因爲他反應夠快、及時轉開龍頭，結果是雷殘滑車後右腳輕微骨折，不算太嚴重，休息一陣子就可以繼續活蹦亂跳。

然而林致淵只記得送完東風回家後，好像出巷口就差點遭車撞，也不太清楚路上有沒有碰上什麼，道路監視器亦沒有拍到奇怪的部分，只能說是躲避車輛不小心造成。

見友人沒太大的問題，加上宿舍裡一堆學長、學弟非常熱心要包辦對方一日三餐順便把他搬去上課，虞因就比較放心了。

□

事件再度有進展是翌日。

警方與東風、聿將整顆硬碟影片閱畢，正式認定這群小孩裝鬼嚇人並不是偶發事件，而是「慣犯」，似乎發現了這樣直播可以得到更多紅利，或是因爲這樣「更好玩」；在完成挑戰遊戲的同時，他們也使出各種手段驚嚇路人或其他挑戰者，扣除死亡的洪祥駿母親，還有不少人因此受傷。

讓人驚訝的是，林梢的女兒也是其中之一。

當時他們在夜遊景點時，被裝鬼的唐佑承嚇個正著，導致林窈摔下山坡。

「原來林梢說的是這個意思。」

虞因把人偶裝寄回製作工作室並附上小心警語的當下，聽到這個消息，有點感慨，顯然林梢不知道透過什麼關係得知粱進等人是造成她女兒昏迷不醒的主因，但可能沒有證據，才無法報警。

那麼是誰告知她這件事？

從硬碟起出的大量影片常由不同角度、手法拍攝，可知拍攝者有好幾人，無法鎖定硬碟是誰刻意存放在錢家，甚至錢家因警察前往探問硬碟內容得知不妙時，拚命要求討回硬碟，由此可先排除是錢苡茉自己放置的。

梁進也不像會留下證據的人，洪祥駿不與青少年同行、沒去過錢家，這兩人也可以排除。

「我個人傾向是陸梓樊。」默默思考了下那群青少年的態度與行爲，虞因覺得最可能是身爲錢苡茉男友的陸梓樊了。

「應該是，錢父有提過陸梓樊會幫他們修電腦。」東風將有問題的檔案記錄整理好，直接寄一份給警局，「整群人不明原因會定期對3C用品刪檔，但在刪除前八成會交換影片觀看取樂，陸梓樊應該是趁那些時候把檔案存下做記錄……大概是良心未泯吧。」

畢竟那小孩看起來大概是整群人中唯一有良心的了。

但身爲共犯，加上好兄弟與女友都在裡面，他一邊記錄這些影片，一邊又受良心掙扎不知道該怎麼做，才會累積了一整顆硬碟，數年來的龐大資料。

從影片中，除了「惡作劇」外，還可窺見幾次梁進帶毒品給同伴們的模樣，不過青少年似乎對毒品沒什麼興趣，又或者是梁進其實也沒打算讓他們染上毒癮，使用過一、兩次後就沒有繼續。

「寶石」的出現也就僅僅那一段影片。

又過了半日，找到的其中一部死者手機終於復原部分資料。

裡面有那段被寄出的詭異影片。

另外，是一段比較長的錄音。

大概是持有人發現情勢不對按下的錄音鍵，因此談話是從中途開始，不過也可以很清楚地分辨出是誰在對話，聲音屬於兩人，從已有的影片中可以分辨兩者爲梁進、洪祥駿——

梁進的語氣既凶悍又帶著某種冷漠，並不像與朋友交談。

「是不是你？把『東西』偷走？」

「聽不懂你在說什麼。」洪祥駿不曉得在整理什麼，一陣窸窸窣窣聲。「鬧屁鬧，我還要準備唐佑承交代的鬼東西，這到底是什麼鬼衣服……」

「我之前就發現了，你動作一直很奇怪……你是不是想偷走『寶石』來威脅我？」梁進呸了聲，罵道：「我就覺得奇怪，明明你是『那邊』的會員，得到的情報和遊戲和我們不同等級，爲什麼要找我們合作，是不是想搞我們？」

「沒偷，一開始就說了，自己一個人麻煩，想找幾個不怕死的搭夥，目標只有拿錢賺積分。」洪祥駿語氣厭煩。

「別裝！我家監視器拍到你車了，今天如果不把東西拿出來，你就別想從這裡離開！」梁進聲音越來越大。

「……監視器？」洪祥駿突然冷笑了聲：「原來你家監視器是會開的啊。」

「你什麼意思？」

「你們每次搞事之後，不少監視器都會出問題，我還以爲你家討厭監視器呢。」洪祥駿冷笑了聲：「行吧，就算拍到我車，你有什麼證據是我拿的？監視器拍到我去你家？還是監視器拍到我拿你東西？」

「你他媽——」

「喂梁進，今晚幹完，就拆夥。」打斷對方即將爆發的話語，洪祥駿說道：「過幾天是我家人忌日，我不陪你們玩了，遊戲該結束了。」

「拆你媽！先把東西還我！」

「幹啥小！」

接著是一陣悶響。

某種重物倒地的聲音。

「幹……」

梁進低聲罵道：「幹你娘……是你的錯……」

又是一連串搬動物品的聲音。

接著有人匆促跑開。

粗重的聲音逐漸變輕。

接著傳來很細小的聲響，然後人聲。

「……動手的……是梁進……但是今天不能讓他們……逃走……他們必須還清血債……」

嘛下某種物體的聲音。

一片靜寂無聲。

數秒後，又傳來跑動的聲響。

「我的手機……」

梁進回頭翻找地面。

至此，錄音檔戛然而止。

□

半月後，洪祥駿的屍體被警方發現陳屍在舊家裡。

並非洪祥駿本人的住所，而是洪母生前的租屋，那幢租屋在洪母死後兩兄弟不再續租，中途轉租過幾次，案發前幾個月因租客吸毒遭到檢舉，因此暫時處於無人租用的狀態。

詭異的是，找到屍體的房間內充滿大量符咒，那些符咒圍著屍體貼了一圈又一圈，活像什麼陣法似地，在檢警人員踏入房間的瞬間，所有符咒當場裂開，眾目睽睽之下碎成一地紙片，後來老警官買來了香與紙錢過來，又自掏腰包帶大家去廟裡拜拜和吃一頓豬腳麵線。

屍體手上有相應的用刀傷痕，後腦有遭重物擊打的痕跡，以及服用毒品「寶石」的反應。

檢警相驗後判斷洪祥駿應是先遭攻擊後才服用毒品提神，很大的動機是想要借用毒品提供的免痛及爆發力去進行後續的殺人，數小時後因藥物刺激與失血過多致死。

不過在他死前，顯然已經完成了整個復仇計畫。

唯一的漏失的只有摔到坑裡的錢苡茉。

洪祥駿的弟弟楊予耀收到警方聯繫，再度來到警局前時正好碰見剛被傳訊問完的錢家父女。

「你哥是殺人凶手！」瘦弱的錢苡茉對著少年叫囂：「我們有什麼錯！不過只是遊戲而已！是那些人自己沒用被嚇啊！」

乾淨的少年淡漠地看著被員警隔開的兩人，微微勾起唇：「原來如此，你們還是這樣覺得。」

「事實就是這樣！而且裝鬼嚇人的又不是我，嚇人的人都死了，你們還想怎樣！有本事去找他們啊！」錢苡茉甩頭，在父親的攙扶下很快走人。

「進來吧。」魏旭陽無奈地搖頭，硬碟全部解析完畢後，他們多次請錢家配合辦案，都是這種態度，一點反省之心都沒有。

「魏警官。」楊予耀抬起頭，目光澄澈地看著對方：「你認爲同樣的問題換作他們，會怎麼選呢？」

不知爲何，魏旭陽立即想到洪母被撞死前、青少年們裝神弄鬼的那個問題。

選自己，還是選兒子來換。

因硬碟尋獲，楊予耀已在日前由警方通知母親眞正的死因，並且警方正朝梁家多次滅證這方面調查。

魏旭陽搖搖頭，沒有給少年答案。

楊予耀很淡地笑了聲，大概也知道就警察立場不會給他任何答覆，於是逕自說道：「他們千不該萬不該，問了我媽這個問題，我哥雖然這輩子很混，但他唯一的底線就是我媽和我。或許你們這些外人看來這些人罪不致死，但我們看來，他們死有餘辜，畢竟他們是死不悔改的慣犯，不是嗎。」

看著表情越來越冰冷的男孩，魏旭陽一時之間不知道該說什麼開導對方，不論說什麼，從今以後，這位還未長大的少年就是孤獨一個人，他在這世上的親人全都因爲一個「惡作劇」而死，外人確實沒有資格猜測他的心情。

其實他曾懷疑過眼前的弟弟會不會在某程度也參與了殺人案，畢竟事發到現在，高中生的冷靜遠超於常人，依舊同樣地上課吃飯，好像多人死亡與哥哥失蹤都不能影響到什麼。

但詳細調查楊予耀的行蹤後，發現他的不在場證明極爲充足，白天沿著同一條路上下課，學校老師同學們可以證明他的課間出席，晚上回到阿姨家就是在房間裡溫習功課，時間到便關燈睡覺，阿姨偶爾會開門看看小孩，確定孩子都在床上睡覺，一絲瑕疵都沒有。

倒是通訊記錄上有多次打給洪祥駿的顯示，案發之後次數更多，有時一天十多通，很符合急於想聯絡對方的狀態。

於是警方判斷，弟弟應該不知情。

今天請他過來也不過是尋獲洪祥駿屍體後，再做個更詳細的問話與調查，想知道洪祥駿生前是否有更多沒注意到的變化細節。

被復原的那支手機確定是洪祥駿所有，裡面除了錄音、舊宅殺人案的錄影之外，還有一些青少年們遊戲時的側拍，驚人的是，在手機記事本裡找到另一個雲端連結，連結裡存了較為關鍵性的拍攝，那是在數個月前、大卡車司機還活著時的最後影像。

司機躺在血泊中，用絕望又恐懼的眼神看著鏡頭，顫抖著說道：「……我真的……不是故意……我只是看……看幾眼手機……看兩眼影片提神……拜託你放過我……打一一九……監視器是老闆……梁家一起……我什麼……都告訴警察……我說……都說……」

影片相當短，二十多秒，連司機嚥氣的畫面都沒拍進去。

剩餘的東西便很平常。

一一排查手機內存的聯絡人沒有太大的問題，幾乎案發時都有不在場證明，很多還是在外縣市。

奇怪的是，並沒有找到尋寶遊戲發布的相關記錄或網頁，自然也無法得知這些聯絡人裡有沒有與所謂「遊戲」相關的線索。

至今依舊找不到其他人的手機。

其餘的雲端資料沒有更多進一步的線索，包括「寶石」的來源。

梁家否認對毒品一事知情，經過檢驗也沒有吸毒的跡象，只能定義是梁進個人所爲。

而司機死前的留言，也讓警方重新針對車禍案件，調查大卡車的老闆與梁家是否湮滅相關證據。

再度配合警察調查，警方仍然沒有從楊予耀身上查出新的線索。

兩日後，工作室再次迎來訪客。

「……怎麼又是你們？」

虞因是眞的沒想到還會看見錢家父女出現在工作室門口，原以爲上次夠不歡而散了，正常人應該不會厚著臉皮再找上門。

顯然，對方不是正常人，並且演繹了何謂狗急跳牆。

「救救我們。」

氣色比幾天前更糟糕的錢父與錢以茉幾乎是用擠的擠進工作室大鐵門，一步沒停地直衝屋內，彷彿後面有什麼恐怖的東西在追趕他們。

原本正在放置中午烘焙產品的聿和東風看著闖進來的兩人，微微皺眉，一點都沒有打算要準備茶水招呼。

錢父扶著錢苡茉倒是不怎麼客氣，直接讓女兒坐在一旁舒服的沙發座，揮手就招：「倒兩杯茶來。」

「眼睛還好嗎？」東風按住聿的肩膀，挑眉。「看見外面寫著準備中嗎？」

「你——」錢父原本想說點什麼，不過想起自己與女兒的事，不得不低聲下氣：「幫幫我們，你們不能做到一半就放棄，這是你們的工作吧，見死不救……」

「停，我們沒有這個業務，請左轉找專業人員。」虞因剛進來就聽見這些，秒知道不是什麼好事，立刻打斷對方：「而且昏迷的事已經告一段落，不管怎麼說，都別再扯到我們這裡。」

「真的拜託你們幫幫忙，不然我們快要被鬼殺死了！」錢父跳起來一把抓住虞因的手：「那個鬼還在！祂一直在我們家外面！祂想把我們都殺掉！」

虞因看了眼臉色發白的錢苡茉，恐怕「那個鬼」並沒有要連錢父都殺，祂的目標應該只有那天漏掉的最後一人。「這個我真沒有辦法，但如果你們有心想要處理，就像之前說的最好去找專業人士，大概還要真心誠意地悔過和誦經之類的。」這些是先前周大師說的。

找到洪祥駿屍體後，周震和幾名高人被警局請去幫忙，釐清舊租屋裡那個符陣，一查之下才知道不得了，那是個煉屍化厲符陣，簡單地說，是將一個怨氣沖天的亡者煉成厲鬼的陣法，通常用在含冤而亡的人身上，為了追殺仇敵寧願化為厲鬼、魂飛魄散。

這和民間所知的寶劍草鞋、黑令旗不同，是一種更為陰邪的兩傷手段，沒有來世也要不死不休。

大師們用了幾種化解法都不被接受，厲鬼陣已成形，洪祥駿即便仍有殘餘理智，依然會將祂的仇人追殺到身死魂滅為止。

周震等人自覺學藝不精，勸不動洪祥駿，只能讓目標、也就是錢苡茉，找個大寺去懺悔，並唸誦經文緩解厲鬼沖天戾氣，或許等到戾氣消散，厲鬼得以重入輪迴時，才可真的化解掉仇恨。

現在看來，錢家兩父女並沒有接受這個提議。

虞因感慨又複雜地看著這對冥頑不靈的父女，其實他們已經得到過兩次機會，但明顯並不想好好珍惜，現在第三次也即將被浪費了。

第一次是錢苡茉的失足，那個坑救了她一命。

第二次是她的許願——這是剛剛看見他們上門，虞因猛然想起來的林梢的話。許願首飾是有效的，恐怕就是因爲許願首飾靈驗後，實現了她好好活下去的願望，她才能躺在那裡昏迷不醒，說不定等她清醒、整個願望完成之後，她還眞的不一定會死，所以林梢才會說希望身上有因果線的她好自爲之。

而現在是第三次了。

「我不要去！爲什麼我要去！我又沒有錯！」

錢苡茉非常牴觸所謂去大寺廟清修誦經的條件……沒錯，他們去求過周震、去求過其他高人，每個都要她去清修，爲她做錯的事懺悔，但她到底哪有錯？人明明不是她害死的，就算是裝鬼嚇人，那也不是她做的，爲什麼都要算到她身上？

她還這麼年輕，爲什麼要放棄生活去那種山裡寺廟好幾年、甚至一輩子！

她不去！

「你們不能直接把那個鬼殺掉嗎！祂殺了好多人欸！應該要把祂除掉吧？你們不是應該要殺死危害世界的鬼嗎？」錢苡茉大喘著氣，不斷嘶叫：「錯的不是我啊！是那個鬼！」

「這種話，妳慢慢去找鬼溝通。」虞因搖搖頭：「現在作決定的不是我們，是妳嘴裡的那個鬼，我學……我根本不會那些事情，既然大師們都無法，我就更無法了。」差點嘴幹說成學藝不精，他就從來沒學過啊靠。

「……我死了一定會恨你們。」錢苡茉雙眼發紅，惡狠狠地瞪著不肯施以援手的人們。

「妳就算恨我也沒有辦法，與其在那裡不切實際，快點去人家介紹的大寺廟吧。」這個眞的超出自己能力，他們甚至都被洪祥駿搞去醫院了，再繼續擋路下去不會有好下場。虞因看著兩父女，默默地感嘆，更不想因爲這種有解法還死不肯做的人再出事故。

錢家父女最後沒有在這裡得到他們想要的幫助，邊罵著邊被請出工作室。

「唉。」

好不容易把兩個大麻煩請走，虞因無奈地把準備牌拿下，一早上的好心情都被破壞了，但還是要營業。

「就算他們從這裡出去之後被車撞也和你無關。」東風看著顯然情緒不高的合夥人說道：「厲鬼符的事前兩天就知道了，周震也告訴過他們，有心的話，早兩天他們就去寺廟了，不會到現在還在肖想找到人幫他們除鬼。」

應該說，正常的高人都不會想不開去沾這種事情。

周震那天就說過，事情的最佳解法就是懺悔到對方願意接受誦經超渡和解，否則與怨氣沖天的加工後厲鬼爲敵，就算眞的僥倖除了，肯定也會有傷損，更別說一個沒弄好，連道行都會跟著虧；所以不管去哪裡找正規的高人，都會先勸他們好好化解。

「只是覺得爲什麼有人會這麼想不開。」虞因聳聳肩，到現在還不曉得錢家人的腦袋到底是怎麼長的，父母那種德行就算了，女兒也是一副不承認有錯的模樣……難怪人家常說有個智障家庭會毀孩子一生，看起來一生都快被毀到頭了。

但要眼睜睜看著人死也不太忍心，希望他們眞的聽勸，從這裡離開之後，快點去寺廟裡吧。

「他們如果想得開，就不會出現在這裡了。」東風嗤了聲，把最後一塊小蛋糕放進展示櫃。

即將中午時刻，工作室的門終於被用正常的方式打開，非常有朝氣的顧客聲音傳來。

「老闆！我要買點心盒！今天我第一嗎！」

□

錢苡茉蜷縮成一團。

三天了！

整整三天！

那些號稱多厲害的高人們沒有　個可以解決她的困境！

解決一個鬼有這麼困難嗎！

「爲什麼是我爲什麼是我爲什麼是我——」

用被子緊緊裹著自己，她從小小的洞口看著光明如晝的房間。此時房內已經與先前帶點少女味道的裝潢不同，觸目所及的地方都貼著黃符或佛珠，有的地方擺著八卦鏡，無時無刻照向容易隱藏晦暗的牆邊。

「陸梓樊！爲什麼要把硬碟放在我家！你去死去死去死去死！」

連日來除了身體本就衰弱，精神上的消耗也讓她幾近崩潰，原本疼愛她的母親不在身邊，只剩個不怎麼有用的父親，這兩天那些東西在她窗口徘徊時，這個人一點用都沒有！廢物！廢物！

「爲什麼要來找我……你都已經把他們殺了……夠了吧！」瞥見八卦鏡裡猛地閃過一抹黑色，錢苡茉發出短促的尖叫：「還想怎樣啊！」

「我不過、不過只是把寶石的事情栽贓到你身上……」

她只是發現了那一袋彩色像糖果一樣的小東西很値錢，在玩遊戲時悄悄拿走，梁進經常帶一堆來炫耀，少掉一包又怎麼了？

她也不知道梁進會那麼生氣，她只是說了句好像看到祥哥對寶石很有興趣的樣子。

這種事情沒有必要放那麼大吧！

她只是在梁進搜他們東西時，把寶石放到祥哥的機車上……她也是打算盡快拿回來的啊，誰知道東西眞的不見了。

話說回來，其實最後還是被祥哥呑掉的吧！

那也是很大一筆錢。

所以爲什麼要因爲這樣怪罪她，最後的好處是他拿走了啊！

房門外突然傳來敲門聲，原本緊繃至極的錢苡茉彈跳了下，立即又蜷回床上，彷彿那是最後一個安全點。

「茉茉。」

外頭傳來錢父的聲音：「我們去寺廟吧……只是唸唸經而已，爸爸陪妳一起去吧，不需要很久，我們很快就能回家，好不好？」

錢苡茉搗著頭不斷搖動。

「茉茉，不要害怕，爸爸會陪著妳，快出來吧……趁著那東西還沒找來，我們快點去廟裡……」

她不過只是跟大家一起玩遊戲，不過只是做了一點點小小錯誤的事情，爲什麼要被上綱上線？

眞的要怪，不是應該要怪最早帶她加入小團體的陸梓樊嗎？

電燈閃爍了兩下，無風的室內，黃符獵獵作響。

「我去！我去！」錢苡茉大叫出聲：「不就是去唸經嗎，我去總可以了吧！」

所有聲響猛地停止，就連錢父的敲門聲都停了。

錢苡茉抱著裹在身上的被子，不甘心地啜泣著爬下床鋪，瘦到骨骼凸出的手顫動著拉開房門。

這瞬間，倒映少女的各面鏡內，所有枯瘦身形統一緩緩轉過身，一個個轉爲黑色模糊的詭異人形。

並沒有察覺這個變化，錢苡茉開了門正想與父親說話時，才發現自己打開的並不是以爲的房門，而是陽台落地窗。

錢家寵愛女兒，主臥一直讓給女兒使用，所以陽台相當寬敞。

因此，在她打開的同時，她看見了跪在陽台上的三個面色蒼白的少年，以及一具無頭的身體。

她張著嘴巴，身體幾乎縮成一小團，不斷瘋狂顫抖著往後退，然後背後碰撞到一個既冷又硬的巨大物體。

連頭也不敢轉回，她看見屋內放置的鏡子內，到處都是那條既猙獰又醜陋的人形黑影。

「我、我……」

錢苡茉努力地想要吐出字句，她想告訴對方，她認錯了，她去佛寺唸經行不行？她可以幫祂唸滿百日，讓祂能夠好好去投胎，她可以用賺來的錢幫祂做法事，她現在願意配合大師們，百日不夠，可以半年，半年不夠，可以一年。

所有話語像是被封鎖般全堵在她的胸腔裡，嘴巴張張合合幾次，只能聽見被掐住喉嚨發出的巨大喘息聲。

身後傳來某種骨骼錯位的聲響，巨大的黑色物體慢慢俯下身，所有的鏡子不知何時全都轉向她，重複映射出幾十、幾百條讓人膽寒的黑暗人形。

耳後傳來的溫度極低，彷彿要結成冰的噴氣。

——誰告訴妳，我同意這個化解？

□

嚴司盯著手邊的平板，露出若有所思的神情。

「怎麼了？」黎子泓將手上的馬克杯遞了一個過去，泡的是熱呼呼的紅茶。「洪祥駿的屍檢報告有其他問題嗎？」

撞死洪母的司機與梁進兩人的頭顱至今仍沒找到。

這案子的疑點還太多，而涉及的人都死了，加上大多證據丟失，造成很多事情難以釐清，負責的警局沒爲此少頭痛，雖然他們的上司很想用那顆硬碟做定案結束，反正人都死光了，按個仇殺作爲定論也差不多。

喔對了，倒是弄清一個小問題——梁進手肘袖子內部的血證實是洪祥駿的，加上錄音，可證明兩人確實在集合前發生過衝突、後來梁進攻擊對方一事。沒發現手機調換，可能是因爲剛攻擊完人，當時他的內心還不怎麼平靜吧。

「問題可多了。」嚴司歪著腦袋，把平板遞給友人，「洪祥駿初步調查是藥物與失血過多的因素死亡，但詳細化驗後，其實他是死於毒品用量過多導致的心臟麻痺，失血倒還只是其次原因，他應該是第一次服用『寶石』，不清楚用量；按身體衰竭的速度與變化來看，他從服用到猝死不超過四小時。」

黎子泓翻了翻友人弄來的病理、毒理等詳細化驗報告，微微皺起眉。「如此一來……」

如此一來，洪祥駿要做到殺害三個人後再追上梁進，將他搬運進地下室割首，再撐著身體抽掉地下室防水布、拋棄頭顱，銷毀人偶裝與各種證據；最後行走很長的路程死在貼滿厲鬼符的舊屋內，時間上看來根本完全不可能。

「用不科學的角度來看，他變成厲鬼也是掛掉後的事情，總不可能在地下室掛掉後自己把自己屍體搬去舊屋，ＤＩＹ厲鬼方程式一條龍吧。」嚴司嘖了聲：「如果世界上怨死的都這麼有效率，那以後只要蓋個厲鬼符專用房，讓祂們自己扛屍體去走流程就好了。」

想想好像滿不錯的，有仇報仇，屍體扛著進公用厲鬼生成室，以後尋仇不用託夢，新魂一次就上手，也省得每次奇怪的法官判可教化或不合時宜的法條保護凶手時，一堆家屬在那邊痛不欲生。

「……別亂說。」黎子泓看著興致勃勃向周大師傳訊此概念的友人，預感等等大師要打電話過來噴人了。

他重新將視線放回平板上的內容。

如果洪祥駿確實是這個時間內死亡，那麼種種跡象只能確切表露出：他有幫手。

還有個人幫洪祥駿清理掉後面的一切，包括地下室的痕跡，包括人偶裝，還有將洪祥駿的屍體轉移到舊屋裡，這個人或許沒有動手殺人，但他心細到替洪祥駿將事後處理都做完了，可怕的是警方至今沒找到這個人出現過的實際痕跡，連一幀監視畫面都沒有。

「你覺得是弟弟嗎？」嚴司窩在沙發裡，晃著紅茶，盪出陣陣波紋。「警方排查了洪祥駿的交友狀況，意外地相當乾淨，從母親死後他就沒什麼與人親密往來和聯繫，只有這個弟弟相較密切。」

「楊予耀有不在場證明。」黎子泓也覺得少年很可能就是掃尾人，但正如警方的調查，證明楊予耀行蹤的人很多，不論是校內或是阿姨家，少年幾乎不可能去做這些要耗費大量時間的事，更別說他很窮，無法使用金錢聘請嘴嚴的外人清理。

「還有唐佑承的私人直播問至今找不到呢。」說著說著，嚴司都開始可憐起魏旭陽他們小隊了，爆炸多的疑問未解。

「嗯。」黎子泓點點頭，深深能體會未解謎案的痛苦。

就在兩人沉默地喝茶思考這件案子的各種謎點時，嚴司的平板上通訊軟體跳出提示，好幾個人都貼了同一條新聞給他。

持著平板的黎子泓順手點開影音網址。

「今日晚間，××市×區錢姓少女自高樓墜下，現場許多目擊證人指稱看見少女爬上陽台，在陽台上大吼大叫後一躍而下……」

「本台獨家取得民眾錄影……」

「死者父親證實，死者生前遭鬼纏身，依照民俗說法……」

「消息指出，死者生前曾與四死仇殺命案的死者進行夜遊……」

「大家午安！」

剛過中午，忙完一波購買點心人潮後，林致淵提著一袋炸物來訪。

「好久不見，你傷好多了嗎？」見對方已拆封來這裡活蹦亂跳，虞因總算放下心，還好別人家的孩子沒有殘掉。

「這陣子小心點不要再劇烈撞擊和運動就沒事了。」林致淵愉快地把炸物和另一個提袋放到桌上，然後熟門熟路地到櫃台前點蛋糕，今天在群組收到出品項目後就先走後門預留，不用和搶單的競爭。「還有周大師要給你們的淨水。」

上次把人家淨水整桶潑光後，大師罵歸罵，依舊任勞任怨地幫他們搞了新的罐罐過來，因此這幾天有休假的虞佟乾脆抓著一堆小孩去山上的寺廟致謝，順便把一些奇奇怪怪來源的錢捐掉。

虞因滿懷感恩地收下淨水罐。

翻出休息中的門牌，幾人將桌面堆滿各種食物，準備開始解決午餐。

「說起來，洪悅棠家恢復得不錯，大師說他們也有去山上拜拜。」林致淵塞了一口豬肉餡餅，這幾天工作室的大廚聿，展開一連串麵點之旅，有時候還可以吃到各種手工水餃和麵條，難得充滿鹹食風味。「因爲這次驚動到阿姨，所以他們請師父們幫忙誦了相關經文，似乎會持續很多天。」

洪悅棠的身體恢復到可以自由行走的程度後，一家三口立刻奔向寺中，除了對師父的協助表達感謝，最掛心的就是亡者，好像還透過幾次問卦，得知亡者安好，也將他們都好的消息傳遞過去後才安心。

現在他們正在重新展開生活，朝每天都快快樂樂的目標邁進。

那些使用了許願首飾的家庭大多如此，雖然願望夭折，不過家長們也藉此給小孩個教訓，讓她們以後不要想用邪門歪道完成心願，畢竟身體留下後遺症是一輩子的，後續還得用盡各種方法好好溫養，以免老了痛苦。

當然也有幾戶沒這麼歡樂美滿，就像月有陰晴圓缺，人有智障滿街，現在依然爲了心願告吹經常爭執，更別說其中最慘的錢家。

因爲襲擊虞因一事，即使後來沒有被追究，錢母還是得爲自己的行爲買單受罰。在錢苡茉跳樓後，兩夫妻瞬間蒼老了十多歲，如果沒有想開，可能從此之後會這樣帶著怨恨世界、怪東怪西的心情過日子。

他們始終沒有意識到問題出在哪，又或者是隱約知道卻不肯面對，因此作爲代價，交換的是女兒的性命。

事後周大師在錢父懇求下，善心去了趟錢家協助後事處理。

根據周大師所說，那房裡所有的符和法器，不分好壞，全都盡碎，錢苡茉最後看到的光景必然非常不美好，甚至出乎意料地可怕。

畢竟人死了，魂卻沒有出現，而是與其他亡者一樣都消失了。

最後祂們去了哪裡，誰也不知道。

「對了，學長這是你的。」差點忘記還有樣東西，林致淵取出被大師們帶走的藍色手鍊遞給東風：「周大師他們說已經沒問題了，反正都買了，可以繼續戴。」

東風接回手鍊，冷笑了聲，隨手放到一邊。

奇怪的飾品店後來仍照舊營業，意外地竟然沒有跑路，但算命和許願首飾的部分取消了，據說設計師辭職搬家，這項業務未來如果有合適的機會會再考慮重啓，許多店家粉絲大呼可惜，不過其他優惠和店內服務給得很足，仍舊吸引不少客人，一到假日人潮絡繹不絕。

「希望那邊好好做人不要再出問題了。」虞因深深地祈禱。沒辦法用科學證實首飾的玄學問題，只能寄望首飾店善良點不要再搞事。

「算是告一段落了。」東風指尖在藍色的珠子上敲了敲。

「是啊，雖然好像還有一些事情沒有釐清……」林致淵點點頭。而且他總覺得好像忘記了點什麼，雨夜之後隱約有這種感覺，不過後來沒有繼續跟著追完案件過程的可惜感比較大就是。

「不知道剩下那個弟弟現在如何了。」虞因邊吃著炸魷魚，想到洪祥駿的弟弟。最後被留下來的高中生，恐怕今後不會好過，不論是現實生活，或者心靈。

魏旭陽承諾有時間會多去探望弟弟，加上學校介入輔導，希望他可以盡快脫離陰影和悲傷，展開新的生活。

「一切都會好起來的。」

虞因眞誠地如此祈禱。

□

「楊予耀！」

走在走廊上的少年停下腳步，回過頭，看見穿著制服的同班少女快步追上，清秀的面孔上有著這個年紀該有的純真與笑容。「嗯？你在玩手機啊？你手機的桌布有點帥，是刻意下載的嗎？」

少年手上的手機畫面是旋轉變動的黑與白的字母，隨即他按黑螢幕，淡淡地微笑，「有事嗎？衛生股長？」

「要謝謝你這幾個月一直幫忙在放學前倒垃圾。」女孩收回視線，誠摯地道：「每次放學前倒垃圾的人都會偷跑，謝謝你常常幫忙。」學校規定放學前垃圾要倒乾淨，爲了不讓大家在清空垃圾桶後又亂丟新的進去，造成隔天發臭被扣班級分數，所以他們班是垃圾打包完，放學後統一提去垃圾場丟。

但因爲會影響到放學離校時間，所以排好的値日生經常偷跑，變成衛生股長得自己想辦法找人處理。

這幾個月一直都是眼前的好心同學時不時晚回家幫忙善後。

「我和班長他們商量了下，想說找一天請你吃飯，大家出來聚餐，可以嗎？」女孩小心翼翼詢問著。

「嗯～暫時先不用好了，只是隨手之勞，垃圾我也有丟，沒差那五分鐘。」楊予耀搖搖頭，回絕了對方的好意。「而且對我來說也是散心，不需要麻煩大家費心聚餐。」

「這……」女孩有點爲難，因爲他們幾個股長知道這位同學家境不太好，而且好像家裡有出什麼事、老師經常囑咐要多照顧他，本來私下各湊一點錢，想請對方一起去吃好點的東西，有時間再看個電影之類的。

「先這樣，我還有事先走。」少年很有禮貌地揮揮手，繼續沿著走廊離開。

午休時分，學校相當安靜，偶爾只有學校樂團的樂器練習聲與圍牆外會傳來細微人車聲響。

少年踏上階梯，進入較少人去的教學樓頂樓。

關上頂樓鐵門，他放下手機，爬上圍牆，自全校最高的地方俯瞰既和平又無憂的校區。

「你這麼跳下去，大量積分都作廢了，還有你哥存在你這會員裡的錢也是。」

少年緩緩回過頭，看見不是他們學校學生的陌生少女坐在一旁的廢棄課桌上，手上正在玩著他的手機。

女孩也不知道怎麼解開螢幕鎖的，滑開了黑白旋轉的字母——這並不是小股長以爲的桌布，而是一個程式的進入畫面，字母劃開後露出裡頭的會員資訊，上面有著一連串任務完成的獎賞積分。「雖然好像都是你哥哥完成的任務，不過積分還好多好多，可以交換很多願望呢，你要不要考慮都給我啊，能用在你哥哥身上喔。」

「妳……厲鬼符？」楊予耀微微眯起眼睛。

「嗯，你哥哥用你的會員下的單，那個厲鬼符陣，本來是要拿來煉個厲鬼驅使報復那些會生不會養的大人們，沒想到臨時改成用在他自己身上，幸好沒被周震他們弄掉。」少女哇了聲，眼睛盯著一整列密密麻麻的記錄：「原來舊宅遊戲也是你開的啊，把他們騙去那邊殺，想法眞不錯。對了對了，後來你把頭和人偶裝藏去哪裡啊？」

少年還沒開口回答，女孩立刻搶答：「等等等等，我知道，人偶裝是不是剪成碎片散丟到學校垃圾場了！那頭呢？一堆手機呢？」

「……放到警察永遠找不到的地方去了。」楊予耀漠然地回答。

被莫名其妙的少女一問，他的記憶不自覺跟著重啓，回到了厄夜的黑暗裡，他攔住了自以爲逃脫的人，用化學藥劑將對方迷昏，在兄長憤怒又詫異難過的目光下，幫助他把人扛進地下室，然後看著兄長完成復仇，看著最後一名親人在懷裡失去呼吸。

他也不理解爲什麼那個晚上自己可以那麼冷靜，一一做完掃尾，然後按照兄長的遺言，與眼前少女派遣的人手會合，把人帶去舊租屋，狠心地將屍體遺棄在一堆冰冷的符裡沒有入土爲安。

從那天晚上開始的冷靜持續至今，全身的血液與生命都跟著逐漸麻木。

「眞讓人好奇，可以悄悄偷說給我聽嗎？我超好奇那顆腦袋和我的蝕魂符一起放哪了。」少女期待地詢問，換來的是對方的搖頭，她只好長嘆一口氣。「好吧，祕密不能亂說，就像他們也不知道你半夜其實都在外面處理那些東西一樣，你阿姨眞好騙，雇個人躺在被窩裡假裝是你，就以爲你一直在房間睡覺，好傻喔。」

「妳還有什麼事嗎？」被打斷了原本的計畫，收回思緒的少年微微歪頭。

「啊，算是售後服務吧，幫你哥來看看你，你哥拚命想隱瞞事件就是不想讓那些可愛的大哥哥們查到你身上，他很擔心你呢。」少女笑笑地說道：「所以你不能跳喔，不然你哥厲鬼眞的沒法逆了，我想個理由說服你吧……」

眞的歪了歪腦袋想了幾秒，少女突然一擊掌，晃晃手上的手機，露出甜美笑容：「你看你積分還很多嘛，那麼你……想不想知道當初看直播，慫恿那些小屁孩、還幫忙出各種花招嚇死你母親的到底是哪些人呢？」

楊予耀一頓。

少女甜甜笑著，做出口形——

只要付出一點點小小的代價，就可以交換那些人的命喔。

「楊予耀！」

少年猛地回過神，身體一懸空，赫然被人從圍牆上用力拽下。

重新看過去，廢課桌上已經沒有少女的身影，只有他的手機被端端正正地擺在桌面正中間。

把他撲進來的是姓魏的警察。

魏旭陽沒想到來學校想看看少年在校有沒有異常，竟然會看見人站在頂樓圍牆，詭異的是，整個學校的巡邏老師和警衛、校方人員、學生，居然都沒有一個人發現。

「你的未來還很長，不要想不開，你家人……他們應該不願意看見你做這種事！」魏旭陽突然發現好像已經沒有什麼能讓少年在意的事情可以說服他，整個有些結巴，「……只要活著，一定還有很多好事……如果你不介意的話我也可……」

「謝謝。」楊予耀輕輕打斷對方著急安撫的話，然後推了兩下沒推開死拽著他不放的警察。只能無奈地嘆口氣：「不跳了。」

魏旭陽有點懷疑，扶著小孩站好後，直接擋在他的斜側，將人與圍牆隔開，預防小孩又想不開。

楊予耀走過去拿回自己的手機，黑色的畫面上多出了一顆傷痕累累的Q版白色兔子頭，怪異的兔子咧開大大的笑容，看起來既憂傷又邪惡，卻又有種奇怪的治癒。

「放學我來接你吧，一起吃個飯。」魏旭陽仍不太放心，乾巴巴地又加一句：「一切都會好起來的，你還可以找到很多事情能做，如果不清楚我也可以幫忙。」

少年突然露出淡淡的笑容。

「……是啊，還有很多事情能做。」

例如，付出一點小小的代價，交換某些人的生命。

《交換》完

附錄·日常三兩事

鬼屋·其一

「密室鬼屋？」

東風看著手上的邀請券，露出非常明顯「是在夢遊嗎」這樣的神情。「你人生不就是個巨大的密室鬼屋嗎？到現在還沒走出來，有必要特地去玩嗎？」

給出邀請券的虞因沉默了三秒，咳了兩聲：「啊這個說來話長。」

事件過後，他們將人偶裝還給製作工作室，製作工作室與密室公司後續配合警方相關事項，雙方大概隱約猜到點什麼，不約而同默默地把其餘人偶裝處理掉，似乎合作重新製作了新的項目，新密室劇情推出時，給了嚴司和虞因一疊邀請券，熱情地邀請大家去放鬆遊玩。

「就……出門走走吧，剛好密室附近有夜市可以逛，我們住一晚，玩完密室逛夜市，隔天可以去網路推薦的觀光園區。」已經做好一輪旅行攻略，虞因邀請道。「觀光園區目前有聯合雕塑展示，你應該會有興趣。」

東風想了想，他確實知道那個聯合展，前不久主辦單位寄了邀請函過來，正好可以順路去參觀。

「那就這樣愉快地決定了。」

虞因歡樂地訂下時間。

因爲是密室那邊給的邀請券，所以有保留場次時間，很快他們便預定好行程。

兩日後。

東風看著手上的介紹，原本以爲新的密室主題會是比較熱門、有特色的醫院教室一類。

「深井？」

簡介上的鬼故事前導講述的是一座古老的深井，在大宅院裡曾經發生過無人得知的隱蔽故事……

「嗯，據說這個井的高度從三樓直通一樓。」虞因比劃了下面前建築物的高度，有點佩服老闆也眞敢搞。

密室老闆算是個小富二代，頂上長輩雖多但後繼單薄，到他這一輩時已經只剩兩、三個平輩，繼承了父母與長輩們留下的幾棟老透天與幾戶大樓高層房。老闆本身是個密室愛好者外加宅玩家，把大樓房屋出租後不缺錢，兩幢透天改造成密室，可能運氣也算不錯，竟然被他經營得有聲有色，許多人遠道慕名而來，他乾脆又將密室旁的老屋買下來開設特色餐廳，與密室主題連動表演，正好再賺一波。

三人這次預約的新項目就是老闆利用了獨棟樓層的便利，直接大膽製作了連層密室。

「聽說要爬上爬下。」來之前虞因看過了網紅開箱，據說非常需要體力。

「……滾吧，再見。」東風突然覺得上當了。

聿直直盯著旁邊的特色餐廳看，外頭的本日限定甜點是法式深淵布丁與遺屍冰淇淋，在時間內破關「深井」主題，另外招待一客菜單上沒有的特製碎屍大果凍。

「都來了不要浪費，人生要活就是要動。」虞因直接把想逃走的傢伙架住，「都已經預約好了，特別給我們三個人單獨一場呢。」他看簡介上這個密室因為場地較大，正常場次每場是四人至六人。

「嗯，要過關。」聿直接幫忙扣人。

於是原本發現有客人在外面、正要打開地獄之門歡迎來客的招待員，愣愣地看著兩個大男生把一個……男孩子半架半打地進來。

她只能給予友善提示：「我們這裡有心臟病不能玩喔。」

「沒有，我們三個全都擁有健康的心臟！」虞因立刻回答。話說，對方從哪裡看出來他們有心臟病？

東風從兩人手裡掙脫，一臉嫌棄。

「您們是登記老闆的客人吧。」根據人數與時段，店員很快意識到幾人是預約來客。「老闆特地交代，有幫你們追加彩蛋，好玩的話歡迎幫我們多多宣傳。」

聿向店員詢問隔壁的限定菜單。

「已經先考慮吃的了嗎？」虞因看自家小孩無視簡介，完全專注在餐廳菜單。

「我們有大菜可以先訂餐喔。」拿著解說本過來的密室角色介紹員微笑道：「有密室限定燉菜，也有好幾道玩過密室才可以點的特殊菜色，如果不想等，我們可以幫忙配合時間訂餐，保證過去馬上可以吃到熱騰騰的餐點喔。」

結果一群人又花了一些時間討論菜單。

「好的，那我們開始進入故事。」

幫大家預約完餐點後，化名「依寧」的女介紹員將手上的本子分給三人，翻開後，裡面是幾張老舊的黑白照片，大部分是人物，兩、三張建築照片，其中一張就是主題名的「井」。

井是八角井，周邊有許多奇怪的花紋和看不懂的文字，幾乎都被磨掉了，看不太出來眞正的意思。

「這是一個老闆朋友老家的眞實故事……」

□

該位友人、暱稱小葉的老家是個三合院，院後方的右與左各有一口井。

家中長輩平常使用的是左邊的井，右邊的井從他小時候就一直關閉著，井口上壓著一塊大石板，小孩子們智障亂塗鴉還會被長輩痛打一頓，但詢問長輩爲什麼不用這口長得很奇怪的井，長輩什麼都不說。

小葉從小在三合院長大，一直到國中時才隨父母搬到城市。

因爲對右邊的井有某種奇怪的興趣，所以他小時候常常趁大人不注意跑去那邊玩，試圖想弄開那塊超大的水泥石板，可惜小孩了力氣太小，直到他搬出去前都沒有完成壯舉。

接著是幾年後，小葉帶朋友回老家玩……

「幾位就是小葉的朋友，接著你們將進入小葉家的三合院，並且發現深井的祕密。」

在依寧的帶領下，第一個房間被打開了。

是間非常普通的六人房，桌邊擺著幾樣生活用品，燈光非常符合詭異氣氛調得很暗，在三人進入房間、依寧將他們反鎖其內後，關卡同時開始計時，烏黑的窗外隱約傳來輕輕敲叩的聲響。

十分鐘後，如果沒有離開這個房間，會發生可怕的事情……

房內鏡子浮現這段紅色字跡。

「鑰匙。」聿從床頭燈裡摳出鑰匙拋給虞因，正好能開啟下一個入口的門鎖。

「……」虞因感覺自己好像跳過很多步驟。

說好的體驗呢喂！

「線索和工具拿好了，走吧。」東風拿了幾樣小東西，順手從床底拿了個小工具箱。

「……所以你們怎麼找到的喂！」進來根本不到兩分鐘吧！

「痕跡。」

「痕跡。」

好的，兩個小的答案非常統一。

一踏進來就瞬間分析房裡所有異樣的痕跡是吧。

因爲找到得太快，趴在窗戶外的人工阿飄根本沒有出場的機會，很生氣地拍了好幾下窗戶，還不死心地在外頭搖擺身影。

房間外是通往後院的走廊，也是全黑的，密室方非常誠懇地把這條走廊做得相當幽暗且還原，窗外同樣黑影幢幢，他們走動時，外頭影子就跟著一起移動，還不時低低傳來奇異的說笑聲。

然而這些完全沒有擋住急著離開這地方的東風和急於想去餐廳的聿，所以接下來的時間，虞因見識了所謂的快速衝關。

唯一對他們造成阻礙的是那ㄇ三層樓高的井，幸好井裡該有的防護措施都有，壁面攀爬也都有小階梯可以輔助墊腳。

東風爬一次之後就直接在井底擺爛，虞因和聿則是各自上下爬了一回，花了點時間，所以在這個關卡都沒機會出場的阿飄演員才全都衝出來試圖抓小孩，可惜出場那瞬間，這些莫名其妙一直快速通關的人又過關了。

所以你們眞的可以完整解開故事謎底嗎？

NPC演員們開始在群組上下注。

二十分鐘後，毫無體驗感的虞因麻木地跟在兩個小孩身後出場，無言地看著兩人交完所有的報告和線索，順便總結劇情一條龍，得到了完美破關並打破最快闖關的紀錄。可怕的是，這兩人最耗時間的不是在解謎，是爬井和走路，因爲有一小段須從井底走一圈拿鑰匙，回到上面開機關再下來井底找出口，也就是東風擺爛的那段路。

所以他們其實只是來運動的嗎？

虞因心情複雜地去領了獎勵禮物，被店員和演員們抓著拍照，然後被兩個小的迫不及待地抓出密室。

「所以這個到底是在玩什麼？」

東風對密室遊戲發出疑問。

虞因看看兩個小的。問得好，他也很想知道。

□

「所以你們覺得好玩嗎？」

甜點店老闆提著蛋糕來拜訪時，看見生無可戀的虞因。

「……餐廳還滿好吃的。」虞因回頭思考了下，密室因爲過得太快了沒太多印象，但隔壁餐廳是眞的很不錯，聽說廚師是從大餐廳裡挖來的，不過比較可惡的是很多祕密菜單是要玩過密室才會開啓，逼人花錢玩隔壁。「大概下次再約其他朋友去逛逛看。」

李臨玥那票人有拿了些招待券，正在約時間……所以爲什麼他還要刷二輪啊可惡！

「所以你要完整的劇本嗎？」東風路過隨口問道，他也很不能理解爲什麼虞因覺得沒有玩到，明明線索什麼的都那麼簡單明顯，而且也沒看到什麼鬼，說是鬼屋密室有點牽強。

「不，我自己再去體驗一次。」虞因冷漠拒絕，並且感覺到這種遊戲好像還是應該要找普通人，不然連人家演員和機關都沒辦法在時間點出來啊啊啊啊！

他們玩完之後，密室公司詫異於有人闖關闖得比機關效果還快，所以決定重新調整布置更多手動機關，專門針對這種急速通關的傢伙們，因此又給了他們一份邀請函，等他們下次有時間再去一次加強後的關卡。

對此聿和東風表示隨便，前者更關心餐廳會不會有新的搭配品項，後者根本不想去爬樓梯，直接拒絕。

「你們要不要去玩啊，還有幾張票。」虞因把剩餘的票拿出來遞給甜點店老闆。工作室和密室分別給他和嚴司票，以至於他們手上的招待券數量不小，李臨玥和林鮍鮍那邊還打電話去密室公司問可不可以小部分拍攝，他們順便在頻道上可以做新遊戲的節目。

「好，謝謝。」甜點店老闆收下票券。

虞因看著老闆自己上去烘焙室後，突然想到兩個小的去了密室也不是沒有任何收穫。他吃了整整一個星期的血腥甜點。

想到就覺得自己很可憐。

沒有遊戲體驗也沒有食物體驗，整個星期工作室出爐的點心都像在過萬聖節，雖然不少客人覺得新奇有趣，反倒造成一波搶購潮。

眞夠悲傷的。

「……」在吧台裡翻找能量條的東風可疑地看懂了虞因背後的哀怨漩渦，想想他們可能也是有點過分了。「不然下次我們什麼都不做，然後讓你闖關？」

「……是想要全都被關在裡面嗎？」爲什麼會有信心他可以自己一個人單獨破關？什麼新型的擺爛方法！竟然進密室還想要偷懶什麼都不幹！

東風突然就覺得這傢伙很麻煩。

「我看以後還是去遊樂園玩好了。」虞因決定開始計畫下一次出遊的地點，密室什麼的還是不要想好了，根本只是給這兩傢伙景觀遊。

「呵呵。」眞不死心啊。

虞因看著對方，笑了下，「總是要創造很多美好的記憶啊。」

「行吧。」東風聳聳肩，拿著杯子走開了。

盯著走掉的人，虞因露出險惡的笑容。

還是太年輕了啊小朋友。

幫你預約個超大的遊樂園。

等著肌肉痠痛吧！

鬼屋‧其二

「不不不不——救命啊——————！」

大清早，阿柳剛開門打卡，就聽到尖叫聲從走廊的左邊飛速衝到右邊，接著是自己的同僚被鬼追一樣，整個貼到盡頭的牆壁上，後面是個彷彿有著惡魔背影的法醫，正在朝對方慢慢逼近。

「你是逃不掉的，玖深小弟，人生總是要踏足禁地領域，否則你的人生會是黑白的。」嚴司抬高爪子。

「不不不不不……我的人生很彩……進去才會變黑白……」玖深貼在牆壁上，震顫地看著站在面前的魔鬼。

「唉，我們少個人啊，原本預定的人臨時有事跑了，剛好你今天放假，我今天放假，我前室友和前同學也都放假，這是神給你的啓示，要你放假時候開個人生副本，滿足人生的缺憾。」嚴司拍拍眼前人生迷失的孩子，人相當好地說：「我幫你問過了，被圍毆的同學說密室一點都不可怕，小東仔也說沒啥飄，而且旁邊餐廳很好吃，所以你的人生開拓可以從新手村開始，不用緊張。」

「就算新手村也不行！」玖深開始覺得為什麼今天要來，明明今天放假，他只是忘記拿個東西回家，大可以明天上班再拿啊！為何要今天腳賤跑來，還正好被來碰運氣抓人的魔鬼抓個正著！

犯太歲嗎今年？

「走啦走啦走啦，反正你今天也沒事情，與其爛在家裡還不如出去走走訓練心臟，而且被圍毆的同學的眞鬼屋你都碰過那麼多次了，假鬼屋對你來說根本兒童樂園吧。」嚴司把瑟瑟發抖的鑑識人員拖走了。

「你家才兒童樂園！救命啊啊啊啊啊啊——！」

看著同僚被拖走，阿柳放下門禁卡，在思考要不要救人後選擇假裝沒看見，反正聽起來有找滿四個人，密室也有緊急救援，頂多躺著被抬出來而已，祝他有個快樂的假期吧。

被塞進車裡逃脫無效還遭上兒童鎖對待的玖深，數分鐘後戰戰兢兢地被動與其他夥伴會合。

「……為什麼要帶玖深？」楊德丞沒有排擠對方的意思，但他們拿到的招待券很明顯不適合帶這位啊！萬一心臟病發怎麼辦！自己當場急救嗎？不能因為在場有醫療人員就玩這麼大吧！

「音效。」嚴司拍了下手掌。

「送回去。」黎子泓按著太陽穴，感覺頭很痛。

「唉總是要帶小朋友一起出門玩吧，不然他自己關在家裡很可憐。」嚴司如是說。

「我可以自己可憐！」被關在車裡的玖深發出強烈求生慾望。

「快把人送回去吧，小孩子會嚇死。」楊德丞也是站隊不要害人。

總覺得他們的討論好像哪裡怪怪的，但爲了生存，玖深努力敲窗爭取返家的機會。

最後還是被強塞去密室了，不過玖深被抓去的目標地點不是密室，而是隔壁的餐廳，半路上才知道嚴司不知怎麼和密室老闆混熟，老闆除了給他密室的招待券以外，還額外給了他一套餐廳的招待券，可以免費嘗試各種隱藏菜單，招待人數正好就是四個人。

換句話說，玖深不用進密室也可以點那些隱藏大菜。

「……那你一開始說這個不就好了嗎！」顫抖一路的玖深感到被欺騙感情。

他後知後覺才想到，虞因他們回來說感想時，明明就是只有三人去，屁才需要組滿四人，一大早被嚇，直接忘記這個點！

「絕望中得到的果實才更甜美嘛。」嚴司聳聳肩。

玖深氣到直接踹駕駛座椅了。

黎子泓決定無視，並且覺得哪天某法醫被凶殺，肯定是他太缺德的關係。

「你要不要多買一點保險？」

楊德丞認真地覺得對方會很需要。

□

玖深被寄放櫃台後一樣領到一份「深井」的介紹。

原本幾人叫他先去餐廳，不過他自己在餐廳大吃大喝好像也怪怪的，最後就在密室提供的休息區裡乖乖等候。

「要幫您介紹故事嗎？」女性介紹員走過來。

「先先先不用！」玖深拿著資料夾的手一抖，連忙搖頭，然後重新看回那些黑白照片。

雖說是故事改編的介紹，但他發現這些照片很可能是真的，並非演員拍攝，按照周邊環境與相片畫質等等，十之八九是從真正的舊照片翻拍使用，而且這些照片原本應該是彩色的，爲了用於密室才刻意弄成黑白以增添氣氛。

「這就是老闆的朋友嗎？」他翻到其中一張人物照，較為年輕，大約是高中的模樣，依前導故事來看，大概是小葉搬離之後又回來玩的年紀。

「是的，這位就是葉先生，拍照當時他正好帶朋友回家玩。」依寧在旁邊位子坐下，微微笑著介紹：「這張合照就是他與他幾位朋友。」

玖深跟著看過去，是一張五人照，五張青春洋溢的面孔露出燦爛的笑容。

接著是環境照。

「唔……」翻到井的照片時他還是下意識抖了下，不過目光落到了上面的磨損文字與花紋。

有點眼熟。

好像以前在某件案子見過類似紋路，還是大戶人家的井都會刻這種紋？

玖深決定回去之後查查看，搞不好系統裡面有記錄。

「欸等等，這個井不是說一直是封閉的嗎？」莫名看見不是長年封閉的痕跡，玖深皺眉用手指在照片上畫了個圈。厚重的水泥石板與井口皆有微妙的磨損，而且不只一處，仔細看可以看出有略新的痕跡，這表示其實這口右邊的井並不像描述中提到的，從來沒有開啓過。

「嗯？這個我問問老闆。」依寧沒想到會有客人質疑這個問題，於是向老闆傳了訊息，沒多久老闆就回傳，說明小葉那邊表示他所知道的確實是沒有開啓過，但磨損痕跡他以前也有注意，只是不確定到底是多少之前，不過知道有人對痕跡有興趣後，他又傳來好幾張照片。

兩人仔細研究了照片，玖深歪歪頭，「按照這個痕跡來看，其實這口井大概兩、三年就被開一次，滿規律的。不過不能完全確定，大概要去現場看看。」

不過定時開這口井幹什麼呢？

「可能和發生過的事情有關呢？」依寧一聽到疑問精神就來了，這就是她工作任務，「這個故事……」

「啊啊啊啊！」玖深摀住耳朵，不知道爲什麼繞一圈回來還要聽鬼故事，「停！先不要！」

依寧咳了聲，突然知道這位客人被帶來這裡的可能原因了，看著高大的男孩子瑟瑟發抖是眞的還滿有趣的。「是與這口井有關係的事件。」

玖深勉勉強強地移開手，用一種「妳不要騙我」的目光看去。

女店員再度咳了聲，以正常的口吻說道：「葉先生家的井其實很久以前出過事故，據說老一輩的長輩當年蓋屋挖井時，附近有小孩摔進去了，一起玩的孩子信誓旦旦地說看見小孩掉進去，可是大人們怎麼都找不到那個孩子，井裡面沒有，後來滿村子找也找不到，小孩就這樣蒸發。」

這個故事的最初確實是有過慘案，但找不到屍體，在那個年代只能說是被水鬼帶走，因此這口井挖到一半便直接廢棄，就此封起，因此出現了左邊井。

「可是井沒有封死。」玖深看了看幾張深井的照片，努力地不要驚恐，重新投入注意力。「看樣子是一開始就沒封過，石板是活動的。」

「葉先生是說，大概當時村裡的人們覺得說不定小孩哪天會出現呢？搞不好只是屋神的惡作劇，萬一把小孩還回來了，整個井封死就會出不來。」依寧看著手機陸續傳來的訊息，同步唸道：「葉先生說可能是因爲這緣故，所以那口井才斷續被開啓過，但他無法確定是不是這樣，只能託問看看村裡的耆老，核實需要時間，您要和葉先生交換好友嗎？」

「喔，都可以啊。」職業使然，玖深下意識就把手機遞過去，換來個新好友，接著後知後覺地不懂他爲什麼要加！

這個不管有什麼後續都不太對勁啊！

現在刪除來得及嗎？

某鑑識苦著一張臉看見對方很快給他發了打招呼的貼圖，然後將訊息轉傳到這邊——

當年落井的是大戶人家的小孩，是村裡蓋了雙層樓的世家，最早提議葉家蓋井位置的也是他們，所以小孩才會一群在那邊玩。

如果說不封死井是爲了確認小孩的後續，那最大的可能性就是這戶人家施壓，之後陸續檢查直至今日吧。

隨後又是一大堆老照片和資料壓縮檔傳過來，玖深只好點擊收件。

這些資料就與密室的新遊戲有關聯了。

當年葉先生帶著朋友們一起去村裡玩，在三合院住了幾天體驗鄉下，同行有位朋友對右邊井很感興趣，曾在村裡打聽許多次。

隨後這位朋友就失蹤了。

在最後一天住宿的深夜，有人看見他半夜在三合院裡遊蕩，好像走到三合院後面，之後就再也沒有人看過這位朋友。

後續來了許多警察，朋友的家人也來了，找到的痕跡是這朋友走向右邊井，腳印在靠近井前就中斷，此後再找不到任何蹤跡。

葉先生說如果玖深有興趣，當時的失蹤檔案與新聞很可能還有留存，網路說不定能找到，因爲當時在村裡是很大的事，被村長記錄到村莊重大歷史冊裡。

慢慢研究這些檔案，時間過得很快，玖深才剛看不到四分之一，闖關的友人們就出來了，用了五十分鐘，雖然沒有衝破虞因等人的紀錄，但也非常快，因爲遊戲設定的闖關時限是一個半小時，超過的話就算闖關失敗。

會用五十分鐘是因爲某法醫在裡面玩那口三層樓高的深井，外加歡樂地與阿飄演員們喜相逢，最後被另外兩人拖出來。

楊德丞繳交了闖關記錄和線索，也是得到滿分。

□

「所以遊戲的謎底是那個同學掉到井裡，沒人知道就被封起來嗎？」

玖深在餐廳聽著幾人的遊戲感想，得到了與現實狀況不太符合的結論，可見密室老闆雖然使用葉先生的故事，但沒有如實，反而簡易地改編了不少。

遊戲最終是大家在經過一連串詭異事件後，按照線索的提示在井底找到屍骨，然後爬上去找電話打通一一〇，再爬到井下收殮好屍骨，就可以打開通關逃生門了，比現實圓滿一點。

不過想想也對，只是個密室遊戲，如果要整套搬過來內容可能會太多，家屬方也會有異議。

「感覺玖深小弟這邊比較値回票價啊。」嚴司吸著有眼球的飲料，邊看著那一大個資料夾。

葉先生的朋友到今天都沒找到，當然井裡面也沒有。

比較奇異的是，當年警察原本要對右邊井進行開封，但遭村民們強烈反對，最後是調來探測儀才確定井裡沒人。

「但是假設他們會固定開這口井，當時為什麼反對呢？」楊德丞看著看著也好奇了起來。

「時限性？」黎子泓想到某些地方、某些民俗有類似的規定，可能那朋友消失的當時不能開井，所以才會被反對，否則很難解釋為什麼是「村民們」抗議。

「不然我們下次去葉先生他老家玩嘛。」嚴司很快地從資料裡定位出案發地點，興致勃勃地提議。

「……」楊德丞因為職業毫無相干秒拒。

「……」黎子泓認眞思考藏屍的可能性。

「……」玖深很想去看看是怎麼回事但是怕有鬼。

「那就這麼決定啦！」嚴司愉快地預約好下次聯誼的地方，接著把資料夾發到群組裡，瞬間引起一大堆「？？？？？」。

黎子泓無言了幾秒，重新把視線放回井的花紋特寫，他總覺得有些文字紋路看著很眼熟。

「我知道了，是新港語！」玖深終於想起這股眼熟感從哪裡來的，以前鑑識證物時看過一些，當時看不太懂還請專家來，多少學了一點點，只是時間太久忘光。

幾人面面相覷，大家都看不懂。

差不多這時候，群組一齊發出了聲響，聿把磨損的文字翻譯出來，但損壞太嚴重了，只譯出了幾個字——

我、在、等、你

「嘖嘖，看來是還沒結束呢，鬼屋。」嚴司開始覺得好玩了起來。

「……」

玖深無聲倒地。

所以說，到底爲什麼要來玩鬼屋啊啊啊啊啊！

〈鬼屋〉完

案簿錄的四格小劇場

腳本／護玄
繪／Roo

煩惱

老媽子太多使人爆發

休養

林致淵因不明原因雷殘後，在宿舍休養一段時間。
住宿生祕密會議
小淵平常幫大家收拾滿多爛攤子的……
有事該罩他……
那三餐……
上課抬他去教室……
要不要加買點心……
七嘴八舌
小淵吃午餐了！
炸雞排+拉麵～
我們抬你去教室！
晚餐買肯X雞炸雞桶！。
宵夜要不要鹹酥雞？
呃……先等等……
數日後
好久不見…怎麼了嗎？
好吃懶做變胖了。
嗄？？？？？？？

休養期間胖了三公斤

案外者

訂合作契約，每天會
來自取限量點心。
下意識整理環境
這些人又在玩什麼奇怪的東西？
歸位
什麼！？！？！？你整理了人偶裝！？！？！？
對啊，你們這樣沾水亂放會臭掉喔。

本集完全不受影響的男人

報告

因為虞因的關係，附近警局很習慣報告自由發揮。
欸欸這次是老大他兒子……
那寫熱心民眾報案或不具名民眾匿名提供？
記得做記號才知道是阿飄報案。
新涉入的警局
…………
怎麼了？
我在想……寫熱心民眾因好多半夜才會出現的熱心民眾所託，找到數件證據，這樣可不可以？
虞夏學長他們那邊的好心學長們給的報告樣板。
他們有好多熱心民眾的樣板啊！
？？？

基層樣板擴散中

食物

聿到了虞家之後，展開各種手藝精進之路。
各種家常菜、手路菜、烘焙精通
下午茶買回來啦~
你最近好像很常買
喔這陣子覺得餡餅和小籠湯包好好吃。
就到處找好評店家~
聿學長最近好常做麵點類啊。
好好吃!!!
對啊，聿好像迷上這些。

總是默默跟著大家喜好進步

案簿錄・浮生

國家圖書館出版品預行編目資料

交換：案簿錄.浮生. 卷五 = こうかん。 / 護玄著.
-- 初版. -- 臺北市 : 蓋亞文化有限公司, 2023.11
面； 公分. -- (悅讀館 ; RE406)
ISBN 978-986-319-965-6(平裝)

863.57 112016275

悅讀館 RE406

交換 案簿錄・浮生 卷五

作　　者 護玄
插　　畫 AKRU
四格漫畫 Roo
封面設計 莊謹銘
特約編輯 黃致雲
總 編 輯 沈育如
發 行 人 陳常智
出 版 社 蓋亞文化有限公司
地址：台北市103承德路二段75巷35號1樓
電話：02-2558-5438　傳眞：02-2558-5439
電子信箱：gaea@gaeabooks.com.tw
投稿信箱：editor@gaeabooks.com.tw
郵撥帳號 19769541　戶名：蓋亞文化有限公司
法律顧問 宇達經貿法律事務所
總 經 銷 聯合發行股份有限公司
地址：新北市新店區寶橋路二三五巷六弄六號二樓
電話：02-2917-8022　傳眞：02-2915-6275
港澳地區 一代匯集
地址：九龍旺角塘尾道64號龍駒企業大廈10樓B&D室
電話：+852-2783-8102　傳眞：+852-2396-0050
初版一刷 2023年11月
定　　價 新台幣 320 元
Published and printed in Taiwan

ISBN 978-986-319-965-6
著作權所有・翻印必究
本書如有裝訂錯誤或破損缺頁請寄回更換

GAEA

Gaea